ラルーナ文庫

転生ドクターは砂漠の薔薇となる

春原いずみ

三交社

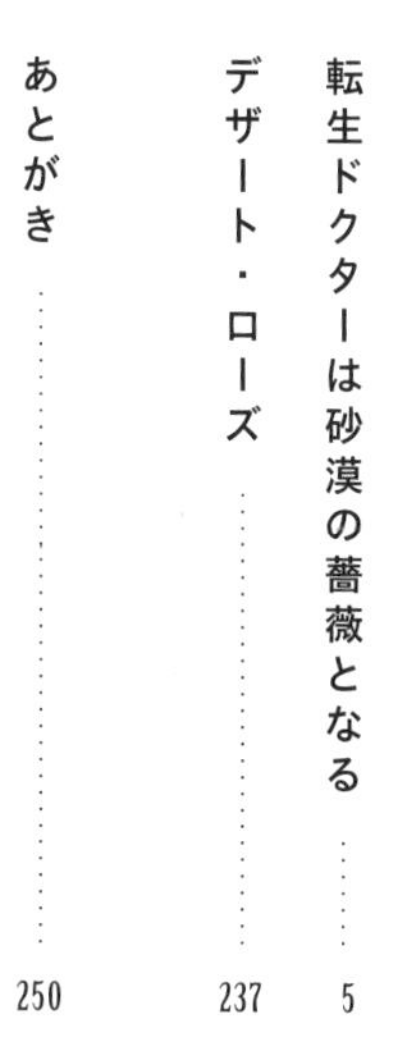

CONTENTS

Illustration

北沢きょう

転生ドクターは
砂漠の薔薇となる

本作品はフィクションです。
実際の人物・団体・事件などにはいっさい関係ありません。

　ふと気づくと、そこは乾いた世界だった。

　テラコッタ色の壁、床は砂の色。壁に掛かったタペストリーは刺繍と織り模様で、狩りの様子が描かれているようだ。大きく開いた窓の向こうは、高く晴れわたったラベンダー色の空。その空の下、遠くに霞むのは。

「砂漠……」

　僕はぼんやりとつぶやいた。僕が座っているのは、木の椅子だった。滑らかに削り出された座面は柔らかくはなかったが、身体にフィットして、とても座り心地がいい。僕はその椅子に座り、しばしの間、うたた寝をしていたようだ。

「カイ……？」

　小さな可愛らしい声がした。僕ははっとして、膝に触れてくるぬくもりに気づく。

「カイ、どうしたの？」

　少し舌足らずな可愛い声の主は、小さな子供だった。艶やかな黒髪と大きく真っ黒な瞳が印象的な子供は、小さな手で僕の膝をそっと撫でている。

「カイ？」

カイ……そう呼ばれて、僕は無意識のうちに子供を抱き上げて、膝の上に抱いた。
「なんでもないよ、ローリー」
ふっと口をついたその名前。
〝そう……この子はローリーだ……〟
もうじき三歳になる僕の可愛い息子。この子は僕が産んだ、僕の子だ。
〝僕が……産んだ子……？〟
僕は目を大きく見開いて、もう一度自分の頭の中を探る。
「僕が……産んだ子……」
僕はどうやって、この子を産んだのだろう。
いや、それよりも、僕はいったいどうやって、誰の子を……妊娠したのだろう。
そして。
「ここは……」
遠くに霞む地平線。そこは赤い砂が舞い上がる砂漠だ。
乾いた風に頬を撫でられながら、僕は記憶を巻き戻す。
ここはどこだ。
僕は……誰だ。

ACT 1

緑の風が吹く。この庭に吹く風は、いつも緑の匂いがする。

個人の所有とは思えないほど広い庭は、ほとんど植物園の趣だった。

「佳以、どこだ」

よく響く低い声は、祖父だ。庭に繁るさまざまな植物の間にしゃがみ込んでいた野々宮佳以は、ゆっくりと立ち上がった。

「ここだよ、お祖父様」

可愛らしいピンク色の花を両手いっぱいに摘んで、佳以は緑の海を泳ぐ。

「ゲンノショウコか」

白衣姿の祖父が笑う。

医師一人、看護師二人、事務員二人の『野々宮医院』は、レトロな木造建築の可愛らしい診療所だ。その診療所の後ろに繋がる形で、祖父と佳以が住んでいる母屋がある。

「いっぱい花が咲いちゃった。咲く前に採取しようと思ってたんだけど」

佳以はそう言って微笑(ほほえ)んだ。透き通るような白い肌とほっそりとした華奢(きゃしゃ)な体格のせいで、青年というよりも、どこか少女のような風情がある。まぶしげに細めた瞳は明るい栗色で、陽に透ける艶やかな栗色の髪と同じ色だ。精緻(せいち)に形作られたきれいな顔立ちは、その大きな瞳と全体的に色素が薄いせいもあるのか、どこか日本人離れした美しさである。

「可愛い花だから、少し診療所にも飾ったら？」

「そうだな」

祖父は佳以から花を受け取る。

「お祖父様、もう午後の診察は終わったの？」

「ああ。今日の晩飯はどうする？　たまにはどこかに食べに行くか？」

「めずらしい」

佳以はふふっと笑った。

この見事な植物園のような庭は、佳以の大切な研究場所だ。佳以は基礎医学の研究者である。医師免許を持っているれっきとした医師なのだが、学生の時以来、佳以は患者を診察したことがない。薬理学を専門とする研究者として、佳以は大学の医局に所属し、静かな研究の日々を送っている。

「それなら、新しくできたお寿司屋さんに行ってみない？　ほら、事務の加藤(かとう)さんが言ってた……」

「ああ、何か寿司居酒屋とか言ってたな……」

「リーズナブルなわりに美味しかったって言ってたよ。加藤さん、美味しいものに目がないから、たぶん間違いない」

「だな。じゃあ、俺は風呂に入ってから行くことにするよ」

「わかった」

佳以は頷いてから、もう一度庭を見回した。

「ノイバラの実は……まだつかないかな」

庭の片隅には、小さな温室まである。

大学でも薬草の栽培はしているのだが、やはり自宅の方が採取したい時に採取したいだけできるし、何よりゆっくりと観察もできる。

「佳以、おまえも風呂に入ってから、メシに行かないか？」

「あ、うん」

野々宮家の風呂は、檜風呂でかなり広い。

「そうだね、久しぶりに背中を流してあげるよ」

佳以はにこりと微笑むと、祖父に続いて、家の中に入っていった。

佳以の部屋は、広い庭を見渡すところにあった。シャワーで濡れた髪をタオルで拭きながら、ふうっとため息をつき、ベッドに座る。

「お祖父様ったら……」

思わず、笑いが漏れてしまう。

久しぶりに孫と外食したのが嬉しかったのか、いつもよりも酒が進んでしまった祖父をやっと寝かしつけ、もう一度シャワーを浴びて、ようやく落ち着いたところだ。

「お祖父様があんなにご機嫌なの……久しぶりに見たかな」

内科医である祖父は、穏やかな人柄ではあるが、いつも何かを考え、悩んでいるような表情を浮かべていることが多い。特にそれは、佳以を見ている時に多いような気がする。

「僕は……いつまで経っても、お祖父様の庇護の下にあるようなものだからなぁ……」

佳以には両親がいない。佳以がまだ幼い頃に事故で二人とも亡くなったというのだが、なぜか写真の一枚も残っておらず、佳以は両親の顔をまったく知らない。子供の頃には、なぜ自分に親がいないのか、どんな人だったのかと、まだ当時存命だった祖母にもさんざん尋ねて困らせたものだ。

佳以が中学に入った年に祖母が亡くなり、祖父と二人暮らしになった。

「……どうすればいいのかなぁ……」

祖父と二人暮らしになって、家事のほとんどを佳以が担うことになり、自然と両親のことは口にしなくなっていった。そんなことを話している余裕がなくなったからだ。慣れない食事作りや洗濯、掃除と学校生活を両立していくうちに、佳以は過去にこだわらなくなり、二人は穏やかに暮らしていた。

そんな佳以ももうじき三十歳になろうとしている。優しく可憐な容姿は少年時代からほとんど変わっていないが、すでに大人といっていい年齢になり、それに従って、祖父もフルタイムでの開業医生活がつらくなり始めていた。

「僕が後を継げればいいのに……」

小さくつぶやきながら、佳以はうつむいた。

シャワーを浴びたばかりで暑いので、風呂上がりのＴシャツとショートパンツという姿のため、視線を落とすと、自分の太股が目に入った。

「なんだか……」

佳以の白い太股には、目立つ痣のようなものがあった。まるで五弁の花びらのような赤い痣。直径が五センチほどのかなり大きいものだ。この痣は生まれた時からあるものだと、祖父に聞いていた。子供の頃には薄赤い程度で、お風呂であたたまったり、熱を出したりしなければ、それほど目立つものではなかったのだが、成長するに従って、大きくはっきりとしてきたように思う。今は何もしなくても、花びらの形まではっきりわかるくらいになってしまった。特に痛みなどもないのだが、一見するとタトゥーのようにも見えてしまうので、自然とプールや温泉などは避けるようになっていた。

「なんだか……本当に花みたいに見えてきたな……」

軽く指でなぞると、なぜか少しだけ熱を感じた。

カイは足元まであるゆったりとしたワンピースのようなものを着ていた。はっとして、そっと膝に抱いていたローリーを下ろすと、衣服の裾(すそ)をめくり上げて、右の太股の内側を確認する。

〝あった……〟

そこには、赤い五弁の花が咲いていた。もう痣などというレベルではなく、はっきり『花』とわかるほどだ。

「砂漠の花……」

無意識につぶやいて、そして、カイは自分の記憶の扉が音を立てて開くのを感じた。

「ここは……ロシオン……」

ここはロシオンという国だ。国の五割近くが砂漠であり、今も徐々にそれは広がり続けている。

空はいつもラベンダー色に晴れていて、雨が降ることはほとんどない。それだけに、国の砂漠化はとても深刻な問題だ。ロシオンは、地下資源を他国に売ることによって、食料などを確保している。しかし、その資源も決して無限ではない。

「……砂漠……」

遠くに見える赤い砂漠。カイはゆっくりと立ち上がると、窓を開けた。吹き込む風はわずかに細かい砂を含んで、カイの滑らかな頰を叩く。

「今日は風が強いぞ」

ふいに聞こえたよく響く声に、カイははっとして振り向いた。

「お父さまっ！」

ローリーがぱっと駆け出す。

「お父さまっ！」

飛びついてきたローリーを軽く抱き上げ、少し唇をゆがめて微笑んだのは、目映いばかりの金髪を輝かせた美丈夫だった。鋭い目は金色に近いほど淡いアンバーだ。凛々しく整った容姿は、高貴な雰囲気に満ちている。艶やかなダークグリーンの上着には、金色の刺繍が豪華に施されて、その人の身分がとても高いことを示していた。

「よい子だな、ローリー。また背が伸びたか？」

「大きくなったよ、お父さま！」

カイはすっとその場に膝をついた。肘を折り、両手の指先を肩のあたりにつけて、優雅に一礼する。

「いらっしゃいませ、オスカー様」

「様はいらないと言っているではないか」

鷹揚に笑いながらも、その視線は鷹のように鋭い。

〝そうだ……この人が、今の僕を庇護……いいえ……支配する人……〟

カイはゆっくりと立ち上がると手を伸ばして、窓を閉める。この人がここに訪ねてくる目的はただひとつだ。

砂漠の国ロシオンの第一王子であり、皇太子殿下と呼ばれる人。それがこの人だ。

「ローリー、私はカイに用がある。私が呼ぶまで、オリビアのところで遊んでおいで」

ローリーの頬に軽くキスをしてから、そっと床に下ろす。ローリーは「はい、お父さま」と頷いて、部屋の外に出ていった。

「……今日おいでになるとは思っていませんでした」

カイは小さな声でつぶやいた。

「なぜだ？　おまえは私の動向がわかるのか？」

オスカーは愉快そうに言うと、大股にカイに歩み寄る。彫刻刀で削り出したような男らしい横顔で笑う人は、この国の次期国王となる身だ。彼はたくましい腕を伸ばすと、ぐいとカイを抱き寄せた。

「……っ」

細い顎を強い指で掴み、少し強引に上を向かせると唇を重ねてくる。

〝ああ……そうだ……〟

まるで人形のように抱きしめられ、ベッドに乱暴に押し倒される。

〝僕は……この人の寵姫なんだ……〟

タペストリーや複雑な織り模様の絨毯で飾られた豪華な部屋。身につけていたシンプルな衣服が剝ぎ取られ、ふわりと絨毯の上にうずくまるのをぼんやりと見る。

寵姫。

それが自分の置かれた立場なのだと、カイは思い出す。

「……あ……っ！」

前戯もほとんどないままに、体内に食い込んでくる彼の熱い楔(くさび)に押し出されるように、カイは掠(かす)れた声を上げる。

ここは、野々宮佳以が生きていた世界とはまったく別の世界だ。ここでの佳以は『カイ』という、たった一つだけ覚えていたその名を名乗り、この国有数の権力者である皇太子オスカーの寵姫として、ふっと風のように訪れる彼に抱かれるためだけに生きている。

「……あ……ああ……ん……っ！」

カイの悩ましい声が響く。

「おまえは……ここが好きだな」

オスカーの吐息混じりのささやきが耳朶(じだ)を嬲(なぶ)る。

「ここに……触れただけで、おまえの身体が熱くなるのがわかる」

「やめ……て……っ！」

彼の長い指が、カイの太股の内側にある五弁の赤い花びらをくすぐるように撫で上げる。たったそれだけの刺激で、カイのほっそりとした身体はしなるように仰(の)け反(ぞ)り、軽く痙攣(けいれん)してしまう。

「やはり……おまえはここが一番いいのだな……」

「あ……ああ……っ！　そこは……やめて……ああ……ん……っ！」

「ああ……すごい……な……すごく……おまえがほしがっているのが……わかる……」

激しく中を突かれて、カイの華奢な身体はめちゃくちゃに揺さぶられる。

「もう……許して……くださ……い……」

泣きながら哀願しても、決して許されることはない。彼が満足するまで、カイは彼の熱い欲望を受け止め続けなければならない。

大粒の涙をこぼしながら、カイはただ砂色の天井を見上げる。

「……っ！」

熱い精をたっぷりと注ぎ込まれた瞬間、カイはふと……何かを感じていた。

懐かしい……切ない……何か。

「あ……っ！」

軽々と身体をうつ伏せに返され、お尻を突き上げる恥ずかしい体位を強要される。今度は背後から抱かれるのだ。

「お許し……ください……っ」

〝僕は……〟

愛されている感覚はなかった。蹂躙とも違う。

強いて言うなら、これは一種の儀式だ。

この人は……この国の未来を担うこの人は、カイの中に精を注ぎ込むことによって、ある目的を果たそうとしている。

〝僕は……この人の子を宿すためにいるんだ……〟

そう。

この世界で、カイは子を孕むことのできる存在なのだ。

ほんの数時間前まで、カイはそのことを理解していたはずだった。

ローリーを身ごもり、産み、大切に育ててきた。その経験により、カイは自分がどんな存在であるのか、ある程度は理解できていたはずだった。

〝それなのに……〟

突然、記憶は混乱した。自分がどこにいるのか、誰なのか、わからなくなった。

「……っ！」

背後から激しく抱かれながら、カイは閉めたはずの窓が細く開いていることに気づいた。

そして……微かに……甘い香りが。

〝僕は……〟

この香りを知っている。甘く切なく……こっくりとした香りを。

意識を手放す瞬間、カイはなぜか微笑んでいる自分に気づいた。
なぜか……微笑んでいる自分に。

ACT 2

「佳ー以っ！」

長く引っ張るように佳以の名を呼ぶ人物は、この世にたった一人しかいない。

「おい、いるか？」

「不破(ふわ)先生」

広い医局にずらりと並ぶ机。普通の医局であれば、そこに医局員が揃(そろ)っている風景はあまりない。ほとんどの者が臨床に出ているからだ。しかし、基礎医学系の医局では、その限りではない。しんと静かな医局には、びっくりするくらいの人数がいた。なぜなら、基礎医学系の医局員たちは、医師ではあるが、その本来の姿は研究者であるからだ。実験に出ている医局員もいるが、机に向かって、静かに論文を書いたり、資料を当たったりしている者も少なくない。

「野々宮先生なら、薬草園にいらっしゃいますよ」

出入り口のドアに近いところにいた医局員が笑いながら答えてくれた。

「ご自宅のゲンノショウコを採取し損ねたとかで」

「し損ねた？　ゲンノショウコなら、いっぱい咲いてたぞ」

　きょとんとした表情で言ったのは、すらりとした長身の医師だった。涼しげに切れ上がった一重まぶたと少し微笑みを浮かべたような薄めの唇、すっきりと細く通った鼻筋が知的だ。鋭さを感じさせる容姿だが、甘く柔らかい響きの声のせいで、うまくシャープな感じが緩和されている。

「咲いちゃダメなんですよ」

　医局員はさらに笑っている。

「ゲンノショウコは、花が咲く直前に採取しないと薬効がないんです。野々宮先生は、そういうところはしっかりされているんですけど、めずらしいですね」

「ふぅん……そんなもんか」

　濃紺のスクラブに白衣を羽織った姿は、まさに前線に立つ医師である。

「じゃあ、薬草園に行ってみる。サンキュ」

　軽く片手を上げ、爽（さわ）やかに笑うと、彼はぱっと走り出していた。

佳以は柔らかく吹く風にさらさらとした髪をなびかせて、緑の中に佇(たたず)んでいた。

佳以が所属する白櫻(はくおう)学院大学医学部は、臨床系はもちろんだが、基礎医学の分野でも評価が高い。すぐに診療報酬に結びつかない基礎医学は、なかなか予算もつきづらく、医局員も集まりにくいのだが、ここ白櫻学院大学医学部基礎医学系ユニットは、例外的に医局員のコマも揃い、研究環境も整っている。医学部長から学長になった人物が、基礎医学系の研究者だったためと言われている。

「佳ー以っ！」

ぴんとよく通る声で呼ばれて、佳以は振り向いた。

「ああ……律(りつ)」

緑の中を泳ぐようにしてやってきたのは、同い年の幼なじみだ。

不破律は、佳以の自宅から歩いて五分くらいのところに住んでいる。律が生まれたのを機に一戸建てを建てて、移り住んできたのである。

実は、幼なじみと一言で片付けるには、二人の縁はあまりに深い。

「どうしたの？」

「どうしたじゃねぇよ」

律はしょうがねぇなという顔をしていた。

「おまえ、昨日、うちに来る約束だっただろ？　母さんが待ってたのにさ」

「あ……」

そういえば、昨日の朝、不破家の前を通った時、律の母に呼び止められた。いただきものの果物や瓶詰めがたくさんあるから、後で取りにいらっしゃいと言われたのだ。祖父と佳以、二人暮らしの野々宮家を何かと気にかけてくれる優しい女性である。

「ごめん……昨日は家に帰らなかったから……」

「だろうと思ったぜ」

律は呆れたように言う。

「母さんからの差し入れは、今朝、野々宮先生に渡してきたから」

「ごめん」

佳以と律は、誕生日が一緒だ。生まれた産院は違うのだが、同じ日に生まれ、同じ保育園と同じ小学校、中学校と進み、同じ私立の進学校から白櫻学院大学医学部に入った。さすがにその先は、佳以が基礎医学、律が救命と進路は分かれたが、お互い実家に住んでいる者同士、ずっと肩を並べて歩き続けている。

「おまえな、すぐに徹夜する癖、やめた方がいいぞ」

律は佳以の華奢な手首を軽く取った。

「ほら、痩せすぎ。身体に悪いぞ」

「僕が太れない体質なのは、もともとだよ。律みたいな筋肉がつかないんだよ」

律はすらりとしたプロポーションの持ち主だが、所謂着痩せするタイプで、しっかりとした筋肉質の身体つきをしている。一方、佳以はプロポーションのバランスはとれているものの、ほっそりと華奢で、全体的に色素の薄い儚げなルックスも相まって、遠目には女性……いや、少女にも見える可憐な容姿である。

「佳以、おまえ、ゲンノショウコを摘み損ねたんだって?」

「……誰に聞いたの?」

佳以はまだ開花していないゲンノショウコを手にしていた。

「うっかり、家のゲンノショウコ、咲かせちゃってね。花としてはきれいなんだけど、薬効はほぼなくなっちゃうから」

「へぇ……薬草って、繊細なもんなんだなぁ」

佳以が専門としているのは、基礎医学の中でも薬理学……特に、佳以は漢方を研究している。そのために、大学だけでなく、自宅でも薬草を栽培しているのだ。

「だからさ、佳以。おまえ、徹夜とかしない方がいいんだって。研究に根詰めすぎて、逆に研究が滞るんじゃ、本末転倒だろ?」

確かに、論文の締め切りが近づいていて、最近睡眠不足気味だ。おかげで集中力や注意力が落ちてしまい、ゲンノショウコを開花させてしまった。

「……うん」

佳以は小さく頷いた。

「そうだね……」

緑色の風が渡る。さらさらと揺れる佳以の素直な髪。律は、少し冷たくなり始めた夕暮れ時の風から、小柄な幼なじみを守るように、そっと風上に立った。

「あんまり、無理すんなよ」

気遣わしげにささやく幼なじみに、佳以はふわりと微笑んだ。まるで白い花が綻ぶような……柔らかな微笑みだ。

「律こそ。救命って大変でしょ？　お祖父様も心配してたよ。律は自分をいじめる悪い癖があるって」

「別にいじめてるわけじゃない」

律は爽やかに笑う。

「救命は、俺の性格に合ってるんだよ。俺、忙しく走り回るの、好きだからさ」

佳以と律の同期で、救命に進んだものは律一人だけだった。白櫻学院大学医学部付属病院の救命科は、ドクターヘリも備えている北米型のＥＲタイプだ。日本における救命科は、ＩＣＵタイプと呼ばれるものがほとんどで、自院で治療できないものは基本的に受け入れない。特に大学病院の救命科は三次救急がほとんどなので、要請されたら、ほぼすべての傷病者を受け入れるＥＲタイプはめずらしく、また激務でもある。その中で、律は生き生きと働いていた。

「佳以、今書いてる論文が終わったら、どっか遊びに行こうぜ。そうだな……もう秋になるだろうから、紅葉でも見に行くか」

「……でも、休みの時は、少しでも身体を休めた方がいいんじゃないの？」

「俺がそういうタイプに見えるか？」

律は笑いながら言った。

「俺はじっとしてる方がストレスになるんだよ。家でじっとしているより、佳以の可愛い顔見て、一緒にドライブにでも行った方がよっぽど疲れが取れる」

「か、可愛いって……っ」

佳以は耳たぶが熱くなるのを感じる。

「あ、アラサーのくたびれた研究医つかまえて、何言ってるの……っ」

「佳以は可愛いよ。初めて会った時から今まで、ずっと変わらずに可愛い」

空は青から薄紫に変わっていた。もうじき、日が暮れる。

「なんだか涼しくなってきたな」

もうじき、夏は終わる。二人の季節は慌ただしく過ぎていく。

「今日の晩飯、うちに来ないか？　野々宮先生も一緒に」

「いつもありがとう。いいの？」

「今日はめずらしく親父が帰ってくるんだよ。母さん、張り切りすぎててさ……」

二人はゆっくりと歩き出した。佳以の腕の中で、緑色のゲンノショウコが揺れる。

穏やかで優しい時間。二人はそれが永遠に続くと思っていた。

まだこの時は。


佳以の家の庭には、二本のイチジクの木があった。

「今年もいっぱいなったねぇ……」

大した手入れもしていないのに、イチジクは毎年たくさん実をつける。

「土がいいんだろうな」

祖父はそう言うと、低く枝を垂れたところから実をもぎ取った。すでに実は弾けていて、深い赤の果肉が覗(のぞ)いている。

「……うん、美味(うま)い」

祖父は一口齧(かじ)ると、満足そうに頷いた。

「お祖父様ったら……」

佳以は呆れたように言い、くすっと笑う。

「早くもいだ方がいいね。だいぶ割れてきてる」

「手が届くところはもいでおくから、今日か明日、律に取りにくるように言っておいてくれ」

祖父が言った。彼も律のことは可愛がっている。戸籍の記載上ではあるが、最愛の孫と同じ日に生まれたという不思議な縁の幼なじみを、祖父はやはり特別に思っているようだ。何かにつけて、律を家に呼びたがるし、彼もまたもここに来たがる。佳以と律が小さかった頃には、夏休みなどほぼここに住んでいたくらいだ。

「律は忙しいのか？」

「ああ……最近、家に来てないからね」

佳以は腕を伸ばして、届く範囲の熟れた実をもぎ取った。

「律は救命だからね、泊まりも多いし、忙しいんだよ。あんまり家にも帰ってこないって、不破のおばさまも寂しがってる」

「いずれ、あいつもどこかよその病院に行っちまうのかな」

　祖父がぽつりと言った。

「ずっと付属病院にいてくれれば、家から通えるし、おまえともずっと仲良くしていられるが……」

「そんなの強制できないよ」

　佳以は優しく言う。

「救命救急医は、どこでも引っ張りだこだからね。特に律は優秀だし、あと二、三年したら、どこか他の病院に就職するかもしれないね」

　律がいなくなる。ずっと寄り添って生きてきた大切な幼なじみが、自分の手の届かないところに行ってしまう。口に出した一般論とは別のことを、佳以はぼんやりと考えていた。

〝律がいなくなるなんて……〟

　ただの幼なじみだ。ただ、近所で同じ日に生まれただけの。理性ではそうわかっていても、なぜか、律は絶対に自分の傍から離れていかないものと、無意識のうちに考えていた。

〝そうだよね……律は……ただの幼なじみなんだ……〟

「律は忙しいから来られないかもしれないけど、僕が不破のおばさまにイチジク届けるから心配しないで」

佳以はもいだイチジクを紙袋に入れた。医局に持っていけば、誰か食べてくれるだろう。

「じゃあ、行ってくるね。律には伝えておくよ」

佳以はいたずらっぽく笑う。

「お祖父様が律に会えなくて、寂しがってるって」


医局に持っていったイチジクは、秘書や医局員たちが大喜びで分けていた。

「このプチプチが美味しいんですよねぇ」

秘書の女性がにこにこしながら言っていた。

「私の田舎の方では結構売ってましたけど、この辺ではあまり見ませんよね」

「しかし、こんな立派な実がなるイチジクの木が二本に、薬草園もあるんですよね。野々宮先生のご自宅って、どんな大邸宅なんですか」

「ですよねー。なんか、すごくおしゃれな洋館に広い広い庭って感じ」

「なんで、洋館なの？」

佳以は少し困ったように言う。明るい栗色の瞳がすっと長い睫毛（まつげ）の陰に隠れた。

「えー、野々宮先生って、ハーフなんでしょう?」

今年入ったばかりの若い秘書がマスカラをたっぷり塗った睫毛をパタパタとさせながら言った。

「違うんですか? 顔立ちも目とか髪の色も日本人っぽくないし」

「違うよ」

佳以は小さく笑った。

「違う違う。僕は日本生まれの日本人だよ。たまたま、いろいろな色素が薄いだけ。家なんかは診療所兼用の古い木造だよ。郊外だから、ちょっと敷地は広いけど」

自分のことを聞かれたり、言ったりすることが、佳以はあまり好きではない。軽く会釈すると、用ありげにすっと自分の席に戻った。ついでにスマホを取り出して、多忙な親友にメッセージを送る。

『どこにいる? 仕事?』

いつ返ってくるかわからないと思ったのだが、意外なことにメッセージはすぐに戻ってきた。

『アーチェリー部のフィールドにいる』

律は、高校時代は和弓、大学に入ってからはアーチェリーをやっていて、どちらもなかなかの腕前らしい。

「タフだなぁ……」

激務である救命救急医を務めながら、さらに体育会系のスポーツを続けているというのが凄い。

「え？」

お茶を持ってきてくれて、佳以の独り言にきょとんとした表情をした秘書に笑ってみせてから、佳以は立ち上がった。

「ちょっと大学の方に行ってきます」

「ああ……」

後輩が頷く。

「不破先生ですね？」

どうやら、佳以と律の親密すぎる親友っぷりは医局内では有名らしい。佳以は苦笑するとはいと頷いて、医局を出た。


白櫻学院大学のキャンパスは広い。多くの学部を持つ総合大学という性格もあるが、体育会系の部活に力を入れており、オリンピック選手も輩出しているレベルであるため、その部活にさくスペースが大きく、結果的に広いキャンパスを保持することになっている。

「自転車ほしい……」

小さくつぶやきながら、佳以はキャンパス内を横切るように歩いていた。佳以の住処である医学部研究棟と体育会系部活が練習を行っているエリアは、一番離れている。佳以は浮かんできた汗を指先で拭いながら、ネットで囲まれたアーチェリー用のフィールドの方向を見た。

「うわー、まだ遠い……」

グリーンのネットは遠く霞んで見えるようだ。佳以はせっせと足を運ぶ。

祖父からの伝言はメッセージではなく、自分の口でちゃんと伝えたかった。

〝というか……律に会いたいのかも……〟

優しく包容力のある幼なじみは、佳以にとって、永遠の憧れであり、頼れる存在だった。彼の凜々しい横顔を見て、いつもふんわりと身にまとっている甘いジャスミンの香りを感じると、心がふっと解けていくのを感じるのだ。

ジャスミンは女性の香水に使われることの多い花だが、律の母がその香りが大好きとのことで、佳以が不破家の庭にジャスミンを植え、手入れをしてきたのだ。不破家には、いつもジャスミンの香りが漂っていて、そこで暮らしている律も、いつもその柔らかく甘い香りを身にまとっていた。クールで知的なイメージの彼から、ふわっと甘い香りが漂ってくるのは、ちょっとしたギャップ萌(も)えのようなものがあるのか、女子たちにはなかなか評判がいいようだ。

「えーと……」

ようやく、フィールドに近づき、中の様子が見えてきた。

「……あれ？」

フィールド内には、五、六人の部員がいるようだが、そこに律の姿はないようだ。彼はすでに学生ではないため、コーチのような形で部活に参加している。

「いないな……」

こちらに背を向けていても、彼の姿はすぐにわかる。誰よりも姿勢がよく、いつもその背中はすっきりと伸びているからだ。

「おかしいな……」

たったさっきメッセージのやりとりをして、ここにいると言っていたのに。

佳以は一応フィールドをもう一度見て、律の姿がないことを確認すると、スマホを取り出した。新しいメッセージは入っていない。

「どこにいるんだろう……」

つぶやきながら、ネットを張ったフィールドをぐるりと回り、近くにある部室棟の方に目をやった。

「あれ……？」

うなぎの寝床のような部室棟には、体育会系部活の部室がずらりと並んでいる。その部室棟の陰に、幼なじみの広い背中が見えたような気がしたのだ。佳以は足早にそちらに向かう。

〝律……だよね……？〟

佳以は吹いてくる風に微かなジャスミンの香りを感じる。

「やっぱり……律だ」

そのすっきりと伸びた背中を探して、佳以が淡い日陰に踏み込んだ時だった。

「……大好きなんです……っ！」

「不破先生……っ！」

女性の甲高い声が聞こえて、佳以は思わず足を止める。

〝え……っ〟

自分でもびっくりするくらい、胸がどきりとした。

〝ちょっと……まずくない……？〟

このまま帰ってしまおうか。でも、ここで帰ったら、律はきっと不審に思う。連絡をよこしたはずの佳以がいつになっても現れないのだから。

佳以は少しためらってから、そっと木立の間から顔を覗かせた。部室棟の後ろは雑木林になっていて、晩夏の今でも渡る風はひんやりしている。

「でかい声出すな」

律のよく通る声が聞こえた。佳以は息を呑んで、幼なじみの姿を探す。

〝いた……〟

雑木林の中、一本の木に寄りかかるようにして、律が立っていた。そして、その腕にしがみついていたのは、小柄な女子学生だった。

「好きなんです、不破先生……」

真っ赤になって、精一杯の告白だった。その必死さに、佳以は思わずぎゅっと手を握りしめてしまう。

「……先生……」

切ない声。答えは聞こえない。佳以はそっとそっと後ずさる。

〝ここに……いちゃいけない……〟

彼女は律の腕を抱きしめ、泣いているようだった。彼はなんと答えるのだろう。その答えを聞くのが怖くて……彼の答えを聞きたくなくて、佳以はそっとその場を立ち去った。なぜか頬を濡らすあたたかいものを感じながら。

佳以は一人、とぼとぼと歩いていた。いつもなら、大学まではバスを使っているのだが、誰とも顔を合わせたくなくて、家まで歩いてしまった。

「……暗くなっちゃった」

大学から家までは、歩くと二時間近くかかる。佳以が古びた我が家にたどり着いた時には、すでに午後八時近かった。

佳以が見たのは、自分と律の優しい関係の終わりを告げるものだった。

〝今まで……律は何度、あんなふうに告白を受けてきたんだろう〟

恵まれたルックス、知性、穏やかで思いやり深い性格。不破律が女性に好かれないはずがなかった。そして、年齢的にもすでに結婚していてもいいはずだった。

〝律は……きっと、僕を見捨てることができなかったんだ……〟

佳以は子供の頃から引っ込み思案だった。小柄でおとなしい佳以は、積極的に友達を作ることもできなかった。目立たないため、いじめられることもなかったが、逆に律以外に親しい友達もいなかった。

〝僕は……いつの間にか、律に依存していたのかもしれない〟

ハイスペックな親友。いつも傍らで佳以を守ってくれた、優しい親友。いつの間にか、彼が傍にいてくれることが当たり前になっていて、そして、この関係がずっとずっと続いていくと思っていた。

「僕は……傲慢(ごうまん)だ」

佳以はぽつりとつぶやいた。

どうして、律がずっと傍にいてくれると思い込めたのだろう。彼と自分は別の人間で、いつかは必ず道が分かれるはずなのに。

「僕は……」

ぼんやりと……律に抱きついていた女性のことを思い出す。

「あんなふうに……律に……」

彼に甘えることができたら……なんのためらいもなく、彼に甘えることができたら。

「……何考えてるんだろう……」

自分も律も同じ男性で、兄弟でも親子でもない以上、一生一緒にいることなどできない。

もしも……もしも、自分が女性だったら。あんなふうになんの戸惑いもなく、彼に寄り添うことができたら。

〝僕は……律の傍にいられるのかな……〟

思考は堂々巡りを続ける。研究者である佳以は、思考を巡らせることに慣れている。何時間でもじっと考え、思考深度を深めていく。しかしそれは一歩間違えば、独りよがりにもなりかねない。いくら考えても答えの出ない、出口のない迷路に迷い込むことになる。

「……あれ……？」

考えることを一旦やめて、佳以はふと玄関を見た。懐かしい風合いの格子戸。この時間なら、門灯も玄関内の明かりもついているはずなのに、なぜか真っ暗だ。

「……お祖父様……？」

スイッチを入れて門灯を点け、佳以は格子戸に手をかける。

「鍵もかかってない……」

からりと戸を開け、佳以は家の中に入る。

「お祖父様？」

室内は暗かった。どの部屋にも明かりはついていない。廊下の明かりをつけて、佳以はいつも祖父がいる居間に向かう。

「お祖父様？　いらっしゃらないんですか？」

居間の襖（ふすま）を開けて、佳以は顔を出す。

「お祖父様？　おじい……」

廊下からの明かりで、室内は薄ぼんやりと明るくなっていた。そこに倒れていたのは……。

「お祖父様……っ！」

畳の上に倒れていたのは、白衣姿の祖父だった。


佳以は縁側に座り、ぼんやりと庭を眺めていた。

駆け抜ける緑色の風。揺れるたくさんの花。イチジクの実は……。

「お祖父様……」

居間に倒れていた祖父は、すでに息を引き取っていた。表情も穏やかで、苦しんだ気配がなかったことが唯一の救いだった。

「……あ、お数珠がいるんだっけ……」

通夜はあっという間に終わってしまった。精神的に疲弊しきり、何もできなかった佳以に代わって、近所の人たちや診療所のスタッフが面倒を見てくれた。しかし、明日の本葬はそうはいかない。

「ちゃんと……お祖父様を送らなきゃ……」

通夜の席では、律が数珠を持ってきてくれた。しかし、本葬も借り物ですませるわけにはいかない。確か、仏間のどこかに祖母が揃えてくれた数珠があったはずだ。

どうにか立ち上がると、佳以は仏間の襖を開けた。誰がつけたのか、ろうそくがゆらゆらと揺れている。

「どこかな……」

仏壇の前に座る。優しく微笑む祖母の遺影を見つめて、しばらくぼんやりしていた佳以はふとつぶやいた。

「……確か……ここに」

仏壇の中には小さな引き出しがある。わかりにくい場所なのだが、それだけに大切なものをしまっておくには、適した場所だ。佳以はふうっと深いため息をつくと、ゆっくりと手を伸ばして、仏壇の中にある引き出しを開けた。

「……あった」

引き出しの中には、木箱に入った水晶の数珠があった。それを取り出して、なんとなく引き出しの中を見た佳以は、まだ他に何かが入っていることに気づいた。

「……なんだろう」

佳以は引き出しを覗き込む。中に入っていたのは、手のひらくらいの大きさのノートだった。

「これ……何？」

そっと取り出してみる。厚みのあるノートを何気なくめくると、そこには懐かしい祖父の達筆で、日記のようなものが綴(つづ)られているようだった。

「え……」

薄ぼんやりとしたろうそくの明かりの中で読んだその内容は……恐ろしく衝撃的なものだった。


野々宮医院院長の本葬は、近所の人たちや診療所に通っていた患者たちの列席もあって、驚くほど盛大なものになった。

「……疲れただろ？」

深夜になって、ようやく自宅に帰り着いた佳以を送ってきてくれたのは、やはり親友の律だった。

「……そうだね」

佳以は力なく答えて、自分の部屋のベッドにすとんと座り込んだ。

「……ちゃんと、お祖父様を送れたかな……」

「ああ、それは大丈夫だ」

律が頷いてくれる。

「会葬者はみんな立派なお葬式だったと言っていたぞ」

「それなら……いいけど」

力なくつぶやいて、佳以は深いため息をつく。

「……でも、もしもあの日、僕がちゃんと早く帰っていたら……お祖父様は……」

「佳以」

あの日から……祖父が亡くなった日から幾度も幾度も繰り返した言葉をまた口にしようとした佳以に、その目の前に立った律がなだめるように言った。

「……こんなこと言っても、なんの慰めにもならんことはよくわかっているが」

あの日、祖父が突然この世を去った日、佳以からの連絡で、最初に駆けつけてくれたのは、やはり頼りになるこの幼なじみだった。

「何度も言うが、先生は本当に急死だったんだと思う。苦しむ暇もなかったと思う」

祖父の死因は心疾患だった。もともと血圧は高い方で、薬でコントロールしていた。バッドコントロールではなかったはずだが、高齢であったことや長い間、一人で医院を切り盛りしてきたことによる心労が重なったのだろう。佳以が自宅に戻った時には、すでに死後硬直も始まっており、亡くなったのはかなり早い時間だったと思われた。あの日は午前で診療が終わる日だったため、診療所のスタッフたちも、祖父が倒れたことには気づかなかったという。

「でも、僕が……早く帰っていたら……」

「結果は変わらなかったよ」

優しく辛抱強く、律は言う。佳以はゆっくりと顔を上げた。もともと華奢な身体は、わずか数日でさらに痩せていた。喪服である黒いスーツの中で身体が泳ぎそうだ。

「もう真夜中だ」

やはり喪服姿の律が哀しげに、優しげに微笑む。

「疲れただろ。とりあえず今日はゆっくり休め」

「うん……」

佳以はのろのろと立ち上がった。

もう身体は綿のように疲れ切っているのに、頭は哀しいほどに澄み返っていて、眠気の欠片もない。しかし、明日からはいろいろな事務的な処理をしなければならない。やはり今日は……寝なければ。

「佳以、なんだったらうちに来るか？　母さんもそう言ってたし」

律がそっと肩を抱いてくれた。いつものようにあたたかな甘い香りに包まれる。しかし佳以は小さく横に首を振った。

「……お祖父様が寂しがると思うから……」

「そっか……」

律は小さく頷くと、甲斐甲斐しく、喪服のジャケットを脱がせて、きちんとハンガーに掛け、疲れ切った佳以をもう一度ベッドに座らせてくれた。

「何か食べるか？」

佳以は再び首を横に振る。のろのろと手を上げると、ワイシャツのボタンを二つ苦しそうに外し、首にかけていたペンダントのようなものを外した。赤い石がはめ込まれたきれいなものだ。五芒星にも見える形になっていて、アクセサリーというよりも、キリスト教のクロスのようなお守りふうに見える。

「佳以、それは？」

「え？　ああ……」

　シャラリと細い鎖を鳴らして、ナイトテーブルに置く。

「……両親の形見だよ。タリスマンっていうみたい。これは母の形見。父の形見はグリーンの石で出来ていて、そっちは……今は大学の僕のデスクにある。二つとも身につけてはおけないし、でも傍には置いておきたいから、小さなポーチに入れて持ち歩いていたんだ。この前……ちょっと……急いで帰ってきちゃたから、置きっぱなしになってる。早く……取りに行かなきゃ……」

　律は自分もジャケットを脱ぎ、黒いネクタイを抜いた。

「そっか……。きれいだな」

「見せたことなかったよね。お祖父様が……人には見せるなって言ってたから……」

　佳以はぽつりと言った。美しいお守り……タリスマンを見つめて、またため息をつく。

「……おまえ、これからどうするつもりだ？」

　彼が低い声で言った。佳以の薄い肩がびくりと震える。

「……どうするって……？」

　少し掠れた声で答えて、佳以はうっすらと微笑んだ。

「別に……どうもしないよ。今までと同じ」

「でもさ、ここどうするんだよ。スタッフだっているんだろ？」

律が『ここ』と言ったのは、野々宮医院のことだ。佳以はこくりと頷く。

「そうなんだけどね。でも、閉めるしかないよ。僕は臨床医じゃないから、後を継ぐことはできないし……それに、もともとお祖父様は自分の代で閉めるつもりにしていたんだよ。だから、無理に建て替えもしなかったし、スタッフも増やさなかった」

「それだよ」

律がふいに言った。

「俺、前から不思議だったんだけどさ、なんでおまえ、臨床に進まなかったんだ？　ここがあるなら、総合内科とかに進めば、すんなり後を継げただろ？　おまえ、ポリクリの評価も悪くなかったし」

「お祖父様もお祖母(ばあ)様も、僕がここを継ぐことを望まなかったからね」

佳以は穏やかな口調で言う。

「お祖母様の口癖があってさ……佳以、目立ってはいけません……人の上に立とうとしてはいけません……常に謙虚に、控えめに生きていきなさい」

「……なんだよ、それ」

「わかんない」

佳以はゆっくりと大きく首を横に振った。

「実は、医学部に入るのもあまり賛成してもらえなかった。お祖父様は、僕に後を継がせるつもりは本当になかったみたいでね。医学部に入るのはいいが、基礎医学系に進みなさいと言われた。臨床医ではなく、研究医になりなさいって。まぁ……僕も今の分野が向いてたみたいだから、僕の適性をわかっていたんだろうね」

「じゃあさ」

律はぎゅっと佳以の肩を抱きしめた。

「俺が継ぐよ」

「え……？」

佳以は大きく目を見開いて、親友の凛々しい横顔を見つめる。

「律……」

「俺は救命医だから、何でも屋だ。まぁ、ちょっと勉強は必要だと思うけど、ここは俺が後を継ぐ。佳以は今まで通り、研究に専念すればいい」

「待って」

佳以は驚いて、親友の肩に手をかける。

「だめだよ、そんなこと。そんなこと……律のお母さんが許すはずない」

律の母の実家は、二百床規模の病院を経営している。今は、律の祖父が理事長、伯父(おじ)が院長を務めているはずだ。医師になった以上、律もいずれ経営陣に加わることを期待されていると思う。

「……ここは閉めて、処分することを考えてる。お祖父様から、どこの業者に頼めばいいかも指示されているし……」

佳以は少し疲れたように言った。力なくさらさらと髪が揺れる。

「ここは……僕には広すぎる。お祖父様と二人でも広かったんだから、一人じゃ……広すぎて」

「佳以……」

「もう……僕は一人だから」

佳以が小さくつぶやいた時だった。ぐいと抱き寄せられて、熱い身体に包み込まれる。

「……っ」

甘いジャスミンの香りに包まれて、一瞬くらりと意識が飛びそうになる。

「おまえは一人じゃない」

ぎゅっときつく抱きしめられて、息が止まる。

「おまえには俺がいるだろ」

「律……っ」

親友の甘い体温に包まれて、佳以は泣きそうな声を出す。

「律には……律には恋人がいるじゃないか……っ」

こんなふうに抱きしめないで。僕が全身で頼りたくなるような……そんな言葉を与えないで。

「俺には、恋人なんかいないぞ」

律が驚いたように言い、佳以の瞳を覗き込む。

「いるじゃないか……っ！　部室棟の後ろで……告白されて……っ」

なぜか涙がこぼれてしまう。ぽろりと落ちた一粒の涙に、律の身体がびくりと揺れるのがわかった。

「断ったに決まってんだろっ！」

彼は思い切り叫んだ。

「断ったに決まってんだろうがっ！　今まで何回も告白されたけど、全部断ってきたんだよっ！　俺は……っ」

「律……」

佳以は身体を固くして、ただ抱きしめられている。

〝全部断ってきたって……〞

「俺は……俺は佳以以外の誰ともつき合いたいと思わない。俺の目には、佳以以外のものは見えないんだ」

律は真摯(しんし)に言葉を紡いでいた。

「俺は佳以だけしか見ていない。佳以以外を見つめたくない」

「待って……っ」

佳以は掠れた声でささやく。うまく声が出ない。

「律、それって……」

「佳以」

ふっと彼が腕をゆるめた。そのまま佳以の肩を両手で摑んで、真正面からその顔を覗き込む。

「……好きだ」

「え……」

「俺は……おまえを愛している。ずっと……おまえだけを見ていた」

突然すぎる告白。佳以は大きな目をいっそう大きく見開いて、首を横に振る。

「だって……僕たちは……」

「男同士だってんだろ。そんなこと、何度も何度も考えたよ。ずっと考えてた。でも……答えはいつも同じところに戻ってくる。俺は……おまえ以外の誰も愛せない。俺の目には、おまえしか映らないいんだ」

律の澄んだ瞳が、佳以の涙に薄赤く潤んだ瞳を見つめる。

「こんな時に……卑怯だってことはわかってる。おまえが一番つらくて、不安定な時にこんなことを言って、卑怯だってことはわかってる。でも……おまえには、俺がいるんだってことをわかってほしい」

「そんなこと……」

佳以が目を伏せる。熱すぎる親友の視線から逃れるように、密やかに目を伏せる。その滑らかな瞼と涙に濡れた長い睫毛をじっと見つめていた彼は、少し苛立ったように、佳以の細い肩を揺すった。

「佳以……っ」

「……待って」

佳以の白い頬に涙が伝う。

「ごめん……」

「何を謝る」

「だって……」

僕がこんなに頼りないから、優しい親友に道を踏み外させてしまった。彼なら、可愛い女性と恋をして、結婚して、子供を持って……それなのに。

「ごめん……っ」

親友の腕から逃れようと身じろぐ。その動きに彼は抗（あらが）うように、よりいっそうきつく佳以の肩を掴む。

「離して……」

「佳以……っ」

二人の身体がもつれる。狭いベッドの上でのわずかな小競り合い。

「……っ」

力の均衡はすぐに崩れる。佳以の華奢な身体はベッドに倒れた。その上に、親友の熱い身体が重なる。細い手首をそっと掴むと、そこに軽くキスをしてから、彼の大きな手が優しく佳以の髪をかき上げた。

「だめだよ……」

吐息が触れるほど近づいた親友の顔を、佳以は泣きそうになりながら見つめる。

「そんな顔すんなよ」

愛しげに頬を撫でて、彼は少し哀しそうに笑う。

「……佳以」

甘やかな声でささやいて、彼の唇が佳以の色を失った唇に重なった。

「……っ」

柔らかく触れたキスは、すぐに深くなった。細い顎に指をかけられ、唇を開かれる。怯えて逃げる舌先をつかまえられ、きつく絡められると……抗っていた手からすっと力が抜けた。

飽くこともなく、幾度もキスを繰り返す。唇が赤く濡れるほどのキスを交わす頃には、二人の間に言葉はなくなっていた。

煌々と明るい満月の青い光。部屋に射し込むその光の中で、佳以は生まれたままの姿になる。すべすべと柔らかいミルク色の素肌に、律の手入れの行き届いた指先が滑っていく。おずおずと彼の背中に腕を回すと、びっくりするくらいしっかりとした筋肉に触れた。

「可愛い……」

「あ……っ」

白い滑らかな胸に鴇色の乳首がぷくりと膨らんでいる。軽く指先で撫でられただけで、ビクンッと腰が浮いた。

「……ここ、いいのか？」

尋ねられても返事なんかできるはずがない。彼の指先がピンと尖った先の方をきゅっときつめに摘まんだ。佳以は声も出せずに、身体をしならせる。

「可愛い」

再びつぶやくと、彼の唇が佳以のふっくらとした乳首に触れた。逃れる間もなく、感じやすい先端を舌先で転がす。

「あ……いや……っ」

強い指先が佳以の小さなお尻をゆっくりと揉みしだく。

「や……やめ……て……いや……い、いや……」

お尻を揉まれながら、乳首を吸われる。感じたことのない高ぶりに、佳以は震えながら、泣き声を上げる。

「やめて……おかしく……なる……っ」

「おかしく……なっていいよ……俺も……同じだから……」

息を乱しながら、彼がささやいた。

「佳以……佳以の身体……すごくきれいだ……すべすべで柔らかくて……」

太股の内側に彼の手が入った。柔らかくきめの細かい肌を楽しむように撫で上げながら、大きく両足を開かせる。

「や……やだ……」

あられもない姿にされて、佳以は恥じらいのあまり、ぽろぽろと涙をこぼす。幼なじみだから、一緒にお風呂に入ることもめずらしくなかったが、本来慎ましい性格の佳以は、こんなに恥ずかしいところまで見せたことはない。

「……全部きれいだよ……すごく……可愛くて……全部……ほしい……」

ほしい。

その一言に、佳以の身体は敏感に反応していた。

柔らかさもまろみもない、ただ華奢なだけの身体を、彼は愛おしそうに愛撫して、息を乱しながらほしがってくれる。

身体を愛することだけが愛の表現とはもちろん思わないが、同性同士で愛し合ってしまった今、すべてをほしがってくれる彼に嘘はないと言える。

佳以は震えながら、彼に身を任せる。彼に導かれるまま、あまりの恥ずかしさに涙ぐみながらも、ゆっくりと身体を開いていく。

「あ……っ！」

きれいに閉じている花びらを強い指で暴かれて、佳以は小さく声を上げてしまう。

「……ごめん……」

幾度もキスを交わしながら、佳以は自分の肌が燃えるように熱くなっているのを感じていた。

「……律……」

潤んだ瞳で、佳以は彼を見上げる。

「律……」

甘く掠れた声で、佳以はささやく。細い指を彼の腕に絡ませる。

「……いい……よ」

汗にぬるむ彼の背中を撫で上げて。

「いい……よ……」

「佳以……っ！」

高々と細い腰を抱き上げられて、彼の熱い楔に貫かれる。

「あ……ああ……ん……っ！」

堪(こら)えきれずに高い叫びを上げてしまう。

「あん……あん……ああ……ん……っ！」

「佳以……佳以……っ」

深々と繋がって、二人は夢中でお互いの身体を貪る。どこまでも一つになりたい。二つ身でいたくない。この熱で溶けて……とろとろと一つに溶けてしまいたい。激しい衝動に身を任せて、ただ愛し合う。

「り……つ……っ」

揺さぶられながら、佳以は愛しい人に全身で絡みついていく。

「もっと……きて……もっと……奥の……方まで……きて……っ」

「佳以……ああ……佳以……」

「律の……すご……い……あ……ああん……っ！」

一番奥をずぶりと突かれて、佳以は掠れた悲鳴を上げる。

「あん……あん……あん……っ」

「佳以……もう……がまん……できな……い……っ」

両手でしがみついている彼の背中にぎゅうっと力が入るのがわかった。

「……いいよ……」

身体の中を蹂躙されながら、佳以は喘ぎ混じりの声で言う。

「……いい……よ……律……僕の……中に……」

彼のすべてがほしい。一滴残らず、この中で受け止めたい。

「……佳以……っ！」

「あ……ああ……っ」

痛いほどのしぶきが体内に放たれる。身体の奥がカッと熱くなり、そして、じわじわと腰から下の力が抜けていく。

「ああ……い……いい……」

息をつく彼の背中を抱きしめて、佳以は目を閉じる。

「すごく……きもちいい……」

彼と繋がっているところが幾度も収縮を繰り返している。快感が波のように押し寄せて、意識がふわふわとしている。

「ああ……俺もだ……」

二人はしばらくの間、身体を繋いだまま、ただ抱き合っていた。

「……愛してるから……」

彼がゆっくりと佳以の中から抜け出していく。飲み込みきれなかった雫が溢れ出して、佳以の滑らかな内股を幾筋も伝っていた。

「……佳以……？」

佳以の白い裸身が月の神秘的な青い光にふわっと浮かび上がっている。

「な……に……？」

激しい情交の余韻にまだ意識を飛ばしかけている佳以が、焦点の定まらない妖しげな眼差しで、恋人を見つめた。

「おまえ……こんなところにタトゥーしてたのか……？」

彼の意外そうな声に、佳以はああと頷いた。

「痣だよ……」

佳以の右の内股にある赤い花びらのような痣だ。自分でもセックスの後で体温が上がっているのがわかるくらいなので、たぶんかなりはっきりと見えているのだろう。

「子供の頃からあったよ。気づかなかった？」

「いや、なんとなくは……でも、こんなに……きれいだったんだな……」

彼の長い指が佳以の内股を撫で上げる。

「あ……ん……っ」

自分でもびっくりするくらい艶めかしい声が出てしまった。と、一度は収まりかけた熱が再び身体の奥に戻ってくる。

〝え、うそ……っ〟

太股に伝わる雫がゆっくりと滑り落ちるのを感じる。ただそれだけで、胸の鼓動が速くなり、カッと身体が熱くなる。

「佳以……」

恋人の驚いたような声。痣を撫でる滑らかで長い指が佳以の情欲をかき立てるようだ。

「あ……あ……っ」

お尻が持ち上がってしまう。シーツを掴む指に力がこもる。

「ここが……いいのか……」

そして、彼の顔がすっと沈んだ。佳以の太股を押し開き、白い肌に咲く赤い花びらに唇を触れる。

「あ……ああ……ん……っ！」

叫び声を上げてしまう。身体が弓なりになるくらい仰け反って、一気に高みへと駆け上ってしまう。

「あ、あ、ああ……っ！」

凄(すさ)まじいまでのエクスタシーに達して、佳以はそのまま意識を失っていた。

ACT 3

目を開けると砂色の天井が見えた。

「寒い……」

重たい瞼を持ち上げて、視線を巡らせると、閉めたはずの窓が少しだけ開いていた。カイはゆっくりと身体を起こした。

カイは裸でベッドに横たわっていた。身体の奥が重くだるい。素足で冷たい床に立つと、落ちていた衣服を拾って身にまとった。ワンピースのような衣服は足首まである長さだ。

細く開いていた窓を閉め、ふうっとため息をつく。

「帰ったんだ……」

あの人……オスカーはまるで砂漠を渡る風のようだ。ふっと現れ、カイを翻弄（ほんろう）して、ふっとまた消えていく。

「カイ……？」

可愛らしい声にふと振り返ると、小さくドアが開いていて、黒髪に黒い瞳の子供……ローリーがそっと覗いていた。

「遊ぼ？」

「いいよ、おいで」

カイは少し笑って、両手を差し出した。ローリーがぱっと駆け寄ってきて、腕に飛び込んでくる。

「カイ！」

ローリーはキャッキャッと嬉しそうに笑う。

黒い髪と黒い瞳。すっと切れ上がった一重瞼が凛々しいローリーは、懐かしい人の面影を残していた。

〝ローリーは……〟

カイは柔らかい栗色の髪と栗色の瞳だ。そして、オスカーは輝くような金髪とアンバーの瞳。二人のどちらにも、ローリーは似ていない。ローリーのエキゾチックな容姿は、明らかに不破律……カイがこの世界に来る前に生きていた場所で、たった一人、たった一度だけ愛し合った人によく似ている。

〝ローリーは……律の子だ〟

この世界の暦で約四年前、カイは突然この世界に現れた。

この世界におけるカイの記憶は、砂漠の中に建つアデニウム神殿に始まる。

そして、カイ……前世における野々宮佳以の記憶は、祖父の葬儀の夜で途切れている。

〝あの夜……僕は……〟

幼なじみであり、親友でもあった不破律に愛を告白され、心も身体も一つになった。

〝そして僕は……ローリーを身ごもった……〟


青い満月が輝く夜。

佳以はまるで深い淵(ふち)から浮かび上がるようにゆっくりと意識を取り戻した。

「僕……は……」

佳以は一糸まとわぬ姿で、ベッドに横たわっていた。柔らかい毛布に包まれてはいたが、下着も着けていない姿だった。

〝ああ……そうか……〟

そっと手を伸ばすと、シーツにはまだ微かにぬくもりがあった。耳を澄ましてみる。この部屋とは少し離れた場所にある風呂場から微かな水音が聞こえた。

〝律がシャワーを浴びているんだ……〟

彼と愛し合ってしまった。太股の内側にある赤い花びらに口づけられて、佳以の身体は暴走した。滾る熱を求めて、淡い桜色に染まった素肌で、彼に絡みついていった。もちろん彼は拒むことなどなく、二人は幾度も幾度も身体を重ね、一つになった。

佳以はゆっくりと身体を起こした。身体の奥が熱く、重くだるい。

「どうしよう……」

これから、どんな顔で律と……優しく愛しい人と会えばいいのだろう。

どうやっても、自分たちは同性同士で、結婚することなどできないし……恋人になることも難しい。

それでも、彼を愛しいと思う気持ちに嘘はない。ずっとずっと憧れ続けてきた幼なじみ。彼に愛していると告げられ、身体を求められた瞬間のたとえようもない幸福感。彼を受け入れた時の気を失いそうなほどの絶頂感。そのすべてをなかったことになどできるはずもない。

「どうしよう……」

いつの間にか、水音は止まっていた。もうじき、彼がここに戻ってくる。どんな顔をして、彼を迎えればいいのだろう。

〝どうしよう……〟

佳以の視界の片隅に、きらりと月明かりを反射するものがあった。はっとして手を伸ばす。冷たい鎖と……なぜかふわりとあたたかい感触。

「あたたかい……？」

ナイトテーブルに外して置いた赤い石のはまったタリスマン。それが淡く発光して見えた。そして、それに呼応するように太股の内側にある花びらと……彼に幾度も精を注ぎ込まれたところがじわじわと熱を持ち始めた。

「なに……」

思わず自分の身体を抱きしめてしまう。肌が燃えるように熱くなっていた。同時に、手の中に握りしめたタリスマンも熱を発し始める。

「嘘……っ」

あまりの熱さにタリスマンを投げ出しそうになってしまうが、なぜかそれは佳以の手のひらに張りついたように離れない。

「……っ」

全身が燃え立つ。

そして、悲鳴を上げる間もなく、佳以はその場から姿を消していた。

「佳以？」

襖がからりと開く。まだ髪を濡らしたままの律が入ってくる。

「気がついた……佳以？」

そこに残るのは、まだあたたかいシーツと……小さなベッドのくぼみだけだった。


そして、カイは肌寒さで再び目覚めたのだった。

「あなたは……っ」

凛とよく通る若々しい声。カイはゆるゆると意識を引き寄せ、ゆっくりと起き上がった。

「ここは……」

カイが横たわっていたのは、大理石で出来た冷たい寝台だった。そこにカイは一糸まとわぬ姿で横たわっていた。その手には、赤い石のはまったタリスマンが大切に握りしめられている。

「ここは……どこ……？」

意識が混濁している。頭の中に綿が詰まってしまったかのように、何も思い浮かばない。

ここはどこ？　今はいつ？　僕は……。

「僕は……」

僕は……誰？

「あなたは……いったいどこから……っ」

ふと声の方に視線を向けると、腰まで届く銀色の髪が印象的な人が、驚愕の表情で見上げていた。

「わから……ない……」

カイは掠れた声でつぶやいた。

「ここは……どこ……寒い……」

「イーライ」

唐突に低く響く声。カイは反射的に声の方に顔を向ける。そこに立っていたのは、煌びやかな刺繍で飾られた装束も美しい美丈夫だった。まるで宝冠を戴いたようなきらめく金髪が美しい。

「私の見間違いでなければ、彼は唐突に生け贄の座に出現したように思えるのだが」

「……御意にございます」

イーライと呼ばれた銀髪の青年は、自分が羽織っていたマントのようなものを肩から外すと、何か祈りのようなものをつぶやき、すっと口元に指を当てる仕草をしてから、カイが立ち尽くしている『生け贄の座』と呼ばれる場所に昇ってきた。そこは、イーライと金

髪の美丈夫が立っていた場所から数メートル高くなっている。イーライは、カイの傍に来ると、そっとマントを羽織らせてくれた。

「美しい旅の方、あなたはどこからいらしたのですか？」

まろやかな声でイーライは聞いてくれるが、カイは答えを持たない。

「……わかりません……」

カイは肩をふるわせながら、助けを求めるようにイーライを見た。

「ここは……どこなのですか……？」

「ここはロシオン……砂漠の国です」

「ロシオン……」

聞き覚えのない国の名前。カイは途方に暮れる。

「そして、このアデニウム神殿はロシオンを守護する神々に祈りを捧げる場です」

「神殿……」

「私はイーライ。この神殿で神にお仕えする神官です。そして、そちらにいらっしゃるのは、我がロシオンの第一王子であり、皇太子でもあるオスカー殿下であらせられます」

カイはたおやかな仕草を見せる美貌(びぼう)の神官を見つめ、そして、彼の背後に佇む高貴な雰囲気をまとった人を見た。

「おまえ、名は何という。どこの者だ。その容姿は我がロシオンの者であろうが、我ら王族と高位の神官の他は、この祈りの間には入れないはずだ。どうやって、入り込んだ」

人に命令するのに慣れた口調だった。カイは一瞬視線をさまよわせてから、ゆるゆると首を横に振った。

「カイ……」

「カイ？　それがおまえの名なのか？」

「……わかりません。ただ……僕が覚えているのが、それだけなのです……」

カイはふらりと一歩踏み出した。裸の身体にたった一枚まとっているマントの前が割れて、すらりと伸びた足が太股の付け根まで露わになる。

「……おまえ……それは……」

何気なく、カイの白い太股を見たオスカーが息を呑んだ。イーライも驚いたような顔をしている。

「砂漠の……薔薇……」

「え……？」

カイは無意識のうちに、自分の右の内股に視線を落としていた。

「何……これ……」

カイの白い内股には、くっきりと赤い五弁の花が咲いていた。タトゥーのようにも見えるが、後から描いたような不自然さはなく、それはカイが生まれながらにして持っているもののように見える。

「イーライ」

オスカーが大股に近づいてきた。ぐいとカイの華奢な腕を摑む。

「決めたぞ。私はこの者を寵姫とする」

「殿下……っ」

イーライが少し慌てたように言った。

「し、しかし、この方は……っ」

「おまえも見ただろう」

オスカーは、カイが羽織っているマントを無造作に開き、内股に咲く赤い花をさらす。

「やめてください……っ」

あまりの恥ずかしさに、カイはオスカーの手を振り払う。その手をオスカーは逆に摑んだ。

「い、痛い……っ」

「私に逆らうことは許さぬ」

金色にも見えるアンバーの瞳がとてつもなく怖かった。カイはこくりと喉を鳴らし、小さく頷いた。

「あ……っ！」

目を伏せた瞬間、軽々と抱き上げられて、カイは悲鳴を上げる。

「な、何を……っ」

「聞いていなかったのか。おまえを私の寵姫とするんだ。城に連れていくに決まっているだろう」

「殿下……っ」

イーライがはっと我に返ったように、オスカーの袖を引いた。

「お、お待ちください……っ。その方はどこかから来た、誰ともしれぬ方。そのような方を殿下のお傍に置くことは……っ」

「黙れ」

オスカーはイーライの訴えを切り捨てる。

「砂漠の薔薇をその身に刻む者は、神の使いだ。歴史あるアデニウム神殿の神官たるおまえがそれを知らぬはずもなかろう」

「し、しかし……っ」

〝なんのこと……？〟

「国王陛下や王族の皆さまがご納得なさるとは……っ」

「納得する」

オスカーは傲慢なまでにすぱりと言い切る。

「我が一族は、物心つく頃までに、嫌というほど、あの伝承を叩き込まれる。砂漠の薔薇をその身に刻む者を決して見逃さぬためだ。そんなこと、我が一族を最も間近で支えてきたおまえたちが一番よく存じておろう」

「……」

イーライは黙り込む。

「しかし」

オスカーが腕に抱いたカイの青ざめた横顔を見て笑った。

「その身に砂漠の薔薇を刻んでいなくても、これほど美しければ、寵姫として十分であろう」

「殿下……」

荒削りな獰猛(どうもう)さを隠し持つアンバーの瞳がぎらりと光り、カイの身体がびくりとすくみ上がる。

「……これからは夜が楽しみになりそうだ」

滴るような毒を耳元に吹き込まれて、カイは震えが止まらなくなるのを感じていた。


カイはぼんやりと外を眺めていた。

「ここは……どこ……？」

目覚めたのは、硬いベッドの上だった。部屋はこぢんまりとはしていたが、壁に掛けられたタペストリーはびっくりするほど細かく織り模様が施され、手がかかっていることがわかる。壁も床も滑らかに整えられていて、神殿のように砂でざらついているところもない。

窓の外は小さな森だった。ラベンダー色に晴れた空と深い緑のコントラストが美しく、見飽きない。

あの神殿から、皇太子であるオスカーの手によって、カイはここに連れてこられた。馬に乗せられ、砂漠を駆け抜けるうちに気を失ってしまったようだ。夜の砂漠は驚くほど寒かったのである。

「砂漠の薔薇って……言ってたけど……」

「砂漠の薔薇は……乾いた土地にも咲く、とても強い花なのです」

凛と響く爽やかな声。カイははっとして、振り向いた。

「あなたは……」

ドアを開けて立っていたのは、腰まで届く豊かな銀髪を揺らす神官だった。

「よく眠れましたか」

イーライはその手に水差しとぽってりとしたグラスを持っていた。

「いえ……」

カイは目を伏せる。イーライは水差しとグラスをテーブルに置くと、すっとその場に跪いて、肘を折り、両手の指先を肩に当てて、頭を垂れた。

「おはようございます、カイ様」

「え……」

カイは驚いて、目を見開く。

「イーライさん……」

「イーライとお呼びください。皇太子殿下の寵姫となったあなた様は、王族に準じた扱いになります」

「……寵姫……とは……愛人ということですか……」

カイは掠れた声でつぶやいた。

「僕は……あの人に……抱かれるのですか……」

カイの問いには答えずに、イーライはゆっくりと窓辺に近づく。掛け金を外して窓を開けるとすうっと爽やかな風が吹き込んできた。

「ああ……やはり、砂混じりではない風はいいものですね」

砂漠の中にあるアデニウム神殿で神官として仕えるイーライは、そんなことを言って、ふっと微笑んだ。

「カイ様」

ゆったりと長い髪を翻して、イーライは振り向いた。

「昨夜(ゆうべ)は、お名前以外の記憶はないようでしたが、一夜明けて、何か思い出されましたか？」

イーライの問いに、カイは小さく首を横に振った。

「……いいえ」

「そうですか」

イーライは穏やかに頷いた。

「あなたは、昨夜、オスカー様が夜の礼拝にいらした時に、突然生け贄の座に現れました。

そうですね……忽然と現れたという表現がぴったりでしょう。私もあなたが現れた瞬間は見ておりませんが、本当にふっと現れたという感じでした。一瞬、視線を外して、元に戻したら、いつの間にかそこにいた……という感じです」

「生け贄の座……というのは」

おずおずと尋ねたカイに、イーライはふわりと微笑んだ。

「文字通りです。神に捧げる生け贄を置く場所ですよ」

「それは……人間……なのですか……？」

カイの問いには、またも答えは返ってこない。

「砂漠の薔薇の話をしましょう」

イーライは水差しからグラスに水を注いだ。

「我が国ロシオンは、国のおおよそ半分が砂漠です。そして、その範囲は今も広がり続けています。山脈を越えた隣国のフォンテーヌは、水と緑、豊かな土地に恵まれておりますが、我が国は地形的に雨が少なく、砂漠化に歯止めがかからない状態です」

「でも、ここは……とても緑が豊かですよね……」

窓の外は、深く滴るような緑の木立だ。

「王宮はオアシスにあたる部分にあります。ですから、このように緑も豊かですし、泉も湧いています。しかし、私のいる砂漠には、このように豊かな風景はありません。ただ、赤い砂の舞う砂漠が広がっているだけです」

イーライは穏やかな口調で言う。

「我が国は、地下資源に頼っています。稀少な金属や燃える水……そのようなものを他国に売り、代わりに農産物や食料を得ています。しかし、そうしたものは無限ではないでしょう。いずれ、この国は砂の中に埋もれる運命なのです」

「砂の……中に」

「現国王であるアレクサンダー陛下は、侵略によって豊かな他国の土地を手に入れ、我が民たちを移住させようとお考えのようです。その一番の候補が、先ほど申し上げた隣国であるフォンテーヌです」

「国を……侵略する。つまり、戦争ですか……？」

「それだけではありませんが、それが可能性として一番高いでしょうね」

イーライの話しぶりは知的だ。

「アレクサンダー国王陛下とオスカー皇太子殿下は親子ではありますが、お考えが違います。戦争に走ろうとする国王陛下に対して、皇太子殿下は別の形で、この国を救おうとなさっています」

「別の形？」

「それが砂漠の薔薇です」

イーライの言葉に、カイは無意識のうちに自分の太股を押さえていた。そこには、五弁の花のような赤い痣がある。

「ロシオンの砂漠は、太古の昔は豊かな土地であったといいます。しかし、驕り高ぶった王族たちの振る舞いが神の逆鱗に触れ、緑豊かな土地はあっという間に砂漠と化してしまったそうです」

「伝説……？」

「そうとも言い切れないのですよ。実際、砂漠の砂の下から、木の化石が出てきていますから、砂漠も元は緑豊かな場所だったと考えられます」

カイは木の椅子にすとんと座った。

「砂漠の薔薇とは、五弁の花びらを持つ花です。乾いた土地でも根を張り、美しい花を咲かせます。いつか……この砂漠の薔薇を身体に刻んだ神の使いがロシオンに降臨し、罪深き王族の末裔と契る。神の使いは、その契りによってメシアを孕み、月満ちて産み落とす。光り輝くメシアは神の許しの化身。メシアの下で、ロシオンは緑豊かな大地を取り戻す……」

イーライがまるで歌うように語った。

「その砂漠の薔薇が……僕の太股にある……あの痣だと？」

カイの問いに、ようやくイーライが頷いてくれた。

「あなたは神の使いです、カイ様。あなたの身体に刻まれた砂漠の薔薇と、神の怒りを静めるために幾多の生け贄たちが捧げられた生け贄の座に忽然と現れたことが、何よりの証」

イーライは再び、カイの前に跪いた。両手を肩のあたりに当て、深々と頭を垂れる。

「カイ様、どうか……どうか、我が国をお救いください」

「そんな……っ」

カイは呆然とつぶやく。

「僕は……身ごもることなんてできない……。僕は……」

カイはまだ気づいていなかった。

すでにその身に異変が起きていることに。

ACT 4

ロシオンには四季がない。そのことに気づいたのは、カイがロシオンに現れて、三カ月ほど経った頃だった。ロシオンの一日は、カイの体内時計を狂わせることはほとんどなかったので、ほぼ二十四時間だが、カイがこの国に来てからすでに百日近く経っているのに、季節が変わることはなかった。

「カイ様」

カイはゆっくりと振り返った。

「ああ……オリビア……」

後ろにそっと佇んでいたのは、オスカーがカイにつけてくれた侍女だった。

「カイ様、ご気分が優れないのですか？」

まだ十代半ばの少女であるオリビアは、あどけない笑顔が愛らしい。

「お食事を召し上がっていらっしゃらないようですが」

「ああ……うん。ごめんね。なんだか……この頃、体調が悪くて……」

「お食事を召し上がらないのはいけないです。何か、食べたいものはありませんか？　どんなものでも、殿下にお願いすれば手に入りますので」

「そう……だね」

　カイは王宮ではなく、アデニウム神殿に近い場所にある別邸に住んでいた。砂漠に近い場所ではあったが、小さな庭には可愛らしい花も咲き、カイはこの別邸が気に入っていた。

　カイを寵姫としたオスカーには、すでに妻がいた。皇太子妃であるソフィアは以前より寵姫の存在を良しとしていなかったため、オスカーはカイを別邸に置いたのである。

「……果物が食べたいな。酸味の強いものが食べたい」

「カイ様ったら」

　オリビアが屈託なく笑った。

「まるで、悪阻（つわり）のある方のようなことを仰（おっしゃ）っているわ」

　まだ幼さを残した少女であるオリビアは、カイと二人だけだとこんなふうに親しげに話してしまうことがある。王宮に上がって、それほど日が経っていないせいなのだろう。

「悪阻って……」

　カイははっとして、自分のお腹に手をやった。

〝まさか……〟

そこにはまだなんの膨らみもない。体動もない。しかし……空腹時に感じる悪心や嘔吐(おうと)……特定の匂いに対する感受性の強さ……食嗜好(しこう)の変化……それらは確かに妊娠時に経験するものではないか。

〝僕は……妊娠している……?〟

そんなはずはない。自分は子を孕む性ではないはずだ。しかし……。

〝僕は……メシアを孕むためにここに……来た……?〟

どこか知らない場所から、この砂漠の国へ。

「そんな……まさか……」

くらりとめまいを感じる。足元をふらつかせたカイに、素早くオリビアが駆け寄る。

オリビアに支えられて、カイは椅子に座る。甲斐甲斐しく、召使いの少女はグラスに水を入れてくれ、カイの手に持たせてくれた。

「カイ様……っ」

「カイ様、すぐに……美味しい果物をお持ちしますから……っ」

「オリビア……」

「待っていてくださいね。すぐに……っ」

オリビアが飛び出していくのを見送って、カイは深いため息をついた。

わからない……何もわからない。

この不思議な世界に来て、およそ三カ月。さすがに毎日ではないが、カイはオスカーの寵姫として、夜の相手をさせられている。

「……僕は……あの人の子を……本当に産まなければ……ならないのか……？」

カイは自分がどういう存在なのか、未だによくわかっていない。この世界における自分はいったい何なんだろう。

同性であるオスカーに抱かれる。愛情を伴わない行為を一晩に何度も何度も強要されることは、はっきり言って苦痛でしかない。しかし、驚くほど柔軟に、この身体は彼を受け入れる。彼を受け入れ……体内に注ぎ込まれる彼の精を受け止める。

「僕は……僕の身体……には……」

この身体に、本当にメシアが……彼の子が宿っているのか。

「……どうしよう……」

両手で頭を抱えてしまう。

「どう……しよう……」

もしも、本当に妊娠してしまっていたら。自分は子供を育み、産むことができるのか。

「……」

カイは自分の頬が冷たく濡れていくのを感じていた。

「カイっ！」

ふいに甲高い子供の声で呼ばれて、カイははっと我に返った。

「どうしたの？」

膝の上には、可愛い息子……ローリーが座って、にこにことカイを見上げている。

「なんでもないよ」

カイは愛らしい息子の髪にそっと頬を寄せて、優しく抱きしめた。

ローリーはもうじき三歳になる。三日間にわたる難産の末に、カイがようやく出産した男の子は、艶やかな黒髪と黒い瞳を持つ可愛い子だった。

本来であれば、ローリーを産んだことで、カイの役目は終わったはずだった。しかし、オスカーはカイの身体の回復を待つこともなく、憔悴（しょうすい）しきったカイをなかば無理やりに抱いた。

『この子は私に似ていないいな』

生まれたばかりのローリーを見た時のオスカーの第一声がそれだった。

確かに、金髪、アンバーの瞳でくっきりとした顔立ちのオスカーと、黒髪に黒い瞳、涼しげな目鼻立ちのローリーは、あまり似ているとは言えない。

「ローリー」

カイは我が子を抱きしめ、軽く揺すり上げた。

「ローリーはお父さまのことが好き？」

この場合の『お父さま』とは、オスカーのことだ。

「うーん……」

ローリーは少し考えてから、カイの胸に頬をつけてぽそりと言った。

「わかんない」

「どうして？」

「……お父さま、カイみたいにぎゅってしてくれない」

カイはローリーをゆっくりと揺すり上げながら、窓の外を見つめた。

赤い砂が舞う砂漠。

メシアであるはずのローリーが生まれても、砂漠にはなんの変化もない。相変わらず、ゆっくりと砂漠化は進んでいて、奇跡に頼って、この状況を打開しようとしているオスカーの皇太子としての立場は揺らぎ始めていると、イーライは言っていた。

〝ローリーは……あの人の子ではないから〟

この世界に現れるまでの記憶がなかった時まで、カイはローリーをオスカーの子と信じていた。オスカーの子以外ではあり得ないと思っていたからだ。

〝でも……〟

唐突に記憶は蘇(よみがえ)った。何かに導かれるように、カイの記憶の扉は開いてしまった。

〝僕が前の世界から妊娠できる身体だったとしたら、ローリーは……律の子だ……〟

律によく似た涼しげな顔立ちと漆黒の髪と瞳……間違いなくローリーは、幼なじみであり、親友であった律の容姿を受け継いでいる。

たった一度……たった一度だけ、彼と愛し合った。月に照らされた静かな部屋で、彼と結ばれた。

「律……」

たぶん、二度と会えない運命の恋人。

「……会いたい……」

ローリーを抱きしめて、カイはつぶやく。

会いたい。会ってもう一度、抱きしめてほしい。叶(かな)わない願いだからこそ、なお想いはつのる。

「カイ……？」

ぎゅうっと抱きしめられて、ローリーがきょとんと見上げてくる。

「どうしたの？　カイ……」

ぽとりとローリーの肩に涙が落ちる。

「どうしたの？　泣いてるの？」

ローリーが小さな手でカイの涙を拭ってくれる。

「どっか痛いの？　なでなでする？」

可愛いローリー。たった一人愛した人の面影を残す愛しい我が子。

「……ごめんね、ローリー」

カイはもう一度ぎゅっとローリーを抱きしめると、ぷくぷくとした頬にキスをした。

「お外に遊びに行こうか。今日はあまり風が強くないから」

「うん！」

砂漠に近いこの場所は、風が強いと砂が飛んできて、視界が悪くなってしまうほどだ。

しかし、今日はめずらしく風が弱く、ラベンダー色に晴れた空が美しい。

「お花がね、いっぱい咲いたよ！」

カイの部屋から庭へは直接出ることができる。美しい透かし彫りを施した扉を開けると、そこには柔らかな緑の海が広がっていた。

「……ほら、カイの花」

ローリーはカイの手を引いて、美しく開いた赤い花のもとへと連れていった。赤といっても真っ赤ではなく、五弁の花びらの縁が色濃く、芯に向かうに従って、淡い色になっていく。

「カイの足についてるのと一緒」

「よく知っているね」

カイは苦笑した。ローリーにも見られたくなくて、一緒にお風呂に入る時も、必ず薄物を一枚羽織るようにしていたのに。

「すごくきれいだよね」

ローリーは茂みの中にしゃがみ込んで、砂漠の薔薇と呼ばれる花に顔を近づける。

「いいにおいしないなぁ……」

「危ないですよ」

ふわっと風が吹いた。

〝え……〟

いつの間に近づいていたのだろう。気がつくと、漆黒の装束をまとった騎士がローリーを抱き上げていた。カイのようなゆったりとしたラインではなく、身体にぴったりと沿った黒い上着とパンツ、ブーツという姿だ。髪もぴたりとターバンのようなもので包まれているが、わずかに艶やかな黒髪が覗いている。無駄な飾りなどいっさいなく、闇に紛れるような戦士の姿だ。すらりとした長身に抱き上げられて、ローリーは嬉しそうにきゃっきゃっと笑っている。

「砂漠の薔薇には毒があります。樹液に毒がありますので、あまり顔を近づけたりなさらない方がいいですよ」

まろやかな声に、カイははっとして、騎士の顔を見た。

「……っ！」

涼しげに整った目鼻立ち。すっと切れ上がった一重瞼。細く通った鼻梁。薄く引き締められた唇。愛らしいローリーを優しく見つめる瞳は、夜の闇のような漆黒だ。

この国の人々はいったいに色素が薄く、金髪や銀髪の割合が高い。瞳もアンバーや明るいブルー、グリーンが多く、カイのような明るい栗色もめずらしいくらいであり、この騎士のような漆黒の髪と瞳はほとんどいない。

「あなたは……」

カイは震える声で尋ねた。

「あなたは……誰なのですか……？」

「失礼しました」

騎士は落ち着いた口調で言うと、抱き上げていたローリーをそっと下ろした。彼は少しぎこちない仕草で片膝をつき、左手を右の肩に当てる。

「オスカー皇太子殿下より賜った名はリアムと申します。殿下より、このお屋敷をお守りするよう申しつかっております」

〝律じゃ……ない……？〟

知的な容姿、漆黒の髪と瞳、そしてすらりとしたプロポーション。それは恋しくて恋しくてたまらない恋人の姿だった。しかし、彼は初めて出会った人のように、少しまぶしそうにカイを見ている。

「リアム……」

「はい、カイ様」

深々と頭を垂れる人を、カイは呆然と見つめる。

「違う……」

カイは反射的につぶやいていた。

「律……でしょう？」

「はい？」

騎士は律と同じ顔で穏やかに微笑んでいる。カイは騎士のきっちりと締まった腕を摑んだ。

「違う……あなたは……律だ……っ！」

「カイ？」

ローリーがびっくりした顔をしている。しかし、カイはそんなローリーに気づくこともなく、騎士の腕を切なく揺さぶる。

「そうでしょう？　僕を追いかけてきてくれたんでしょう？」

「カイ様……」

リアムと名乗った騎士は、困ったようにカイを見つめ、そして、そっとその手を外そうとした。カイはすがりつくようにその指に指を絡ませる。

「カイ様じゃない……っ！　佳以って……」

二人の指が絡み合う。あの……夜のように。

「……っ」

どくりと鼓動が高鳴る。二人の指が強く結ばれて、どこか薄く霞（かすみ）がかかっていたようなリアムの黒い瞳がカイを見つめた。霧がすうっと晴れて、一瞬、冴え冴え（さざ）と輝く。

「カイ……」

「そうだよ……佳以だよ……っ」

必死に叫ぶカイの手を、リアムはそっと押し戻した。ふらりと足元を崩して、そして、慌てたように体勢を整える。

「……申し訳ありません、カイ様」

彼は小さく頭を振って、後ずさった。

「……私はこちらのお屋敷に上がって、まだ日が浅いもので……失礼があったら、申し訳ございません」

「律……っ」

「失礼いたします」

何かを振り切るように立ち去っていく広い背中。すっと伸びたその背中を、カイはずっと見つめ続けてきたのだ。忘れるはずもない。

「律……」

微かに甘いジャスミンの香り。この香りを感じた瞬間に、カイの記憶は巻き戻された。時空を超える遠い旅で失ったはずの記憶は、ずっと身近に感じてきた懐かしい香りで一気に蘇った。

「律も……記憶をなくしているとしたら……」

どうすれば、彼の記憶は蘇るのだろう。さっき、ほんの少しだけ、彼の心が動いたように感じたのは、カイの希望的観測だろうか。

〝でも、僕の記憶だって戻ったんだから……律の記憶もきっと戻るはずだ……〟

止まりかけていた運命の歯車が、再びぎしりと音を立てて動き出している。

僕は……僕たちはどこに向かっているのだろう。

砂漠から赤い風が吹く。ローリーを抱き上げ、そっと頰を寄せたカイの鼻先に届いたのは、やはり懐かしく切ないジャスミンの香りだった。

ACT 5

「意外に砂には潜らないものなんですね……」

赤い砂の舞う砂漠を二頭の馬が進んでいく。黒い馬にはリアムとローリー、白い馬にはカイが乗っている。

「道を選ばなければなりませんが」

低くまろやかな声で応じたのは、リアムである。

「私もやっと最近になってわかるようになりました」

「最近？」

砂が口に入らないように、三人とも口元にスカーフを回している。

「ええ」

リアムは背中に弓矢を背負っていた。彼は剣による接近戦よりも、弓矢を使う方が得意なのだという。

〝律は和弓とアーチェリーをやっていたから……当然だね〟

カイの中で、リアム=律の図式が確かなものになっていく。しかし、カイが野々宮佳以の記憶を取り戻しているのに対して、リアムには不破律の記憶はまだ戻っていないようだった。もしも、彼が律だとしたらの話ではあるが。

〝でも、いったいどうやって、律はここに来たんだろう……〟

そして、なぜここに。

カイは無邪気に笑うローリーに微笑(ほほえ)みかけながら、馬を操っている。

「リアム、あれは何?」

ローリーが小さな手を上げて、神殿の向こうに煙る緑色のラインを指さす。

「あれはオアシスです。小さなオアシスで、きれいな花がたくさん咲いています。ローリー様は花がお好きでしょう?」

「好きだよ。お庭のお花はね、みんなカイとぼくが種を蒔(ま)いて、お水をあげてるの」

オスカーには、ほとんど話しかけないローリーだが、リアムには初めから懐いた。リアムが優しく話しかけてくれるせいなのか、ローリーは警備にあたっているリアムの傍(そば)に行っては何かと構ってほしがる。別邸の警備には三人の騎士たちが交代であたっているのだが、リアムはその中で一番の新参なのに、ローリーはびっくりするくらい懐いてしまっている。

〝やっぱり……ローリーは律の……リアムの子なんだ……〟

二人は兄弟か親子にしか見えないくらいに似ていた。

〝オスカーは……このことを知っていて、リアムを僕とローリーの傍に……〟

そう考えて、カイは首を横に振る。

「そんなこと……あり得ない」

オスカーは、カイに自分の子をなんとしても孕ませようとしている。カイを抱くために別邸に現れると、カイが許しを請い、荒淫のあまり失神してしまうまで、蹂躙し続ける。そんな彼が、カイの過去の恋人である可能性のあるリアムをカイとローリーに近づけるだろうか。

〝わからない……〟

「カイ」

ローリーの可愛らしい声に、カイははっと我に返る。

「お疲れになりましたか？」

リアムが丁寧な口調で言った。カイは微笑んで、首を横に振る。

「いいえ。馬に乗るのは好きなので」

「私よりもあなたの方が馬に好かれているようです」

リアムは爽(さわ)やかに微笑む。

「私は騎士になってから馬に乗り始めたので、まだなかなか……」

「そうなんですか？」

カイは穏やかに尋ねる。

「あなたはいつ騎士に？」

「一年ほど前になるでしょうか。私は旅の途中で体調を崩してしまい……オスカー皇太子殿下にお助けいただきました。衰弱していた私は記憶も曖昧(あいまい)で、どこから来たのか、どこに向かっていたのかもわからなくなっていて……それなら、我が騎士になれと」

「オスカー様が？」

「はい。よくも私のように得体の知れない者を受け入れてくださったものです」

「わぁ……神殿って大きいんだねぇ……」

ローリーがはしゃいだ声を上げる。イーライが仕えているアデニウム神殿は、砂漠にそびえる巨大な建造物だ。神殿にはイーライの他にも神官や巫女(みこ)たちが仕えており、こうしてゆったりと馬で横を通っていくと、多くの下級神官たちが働いているのが見えた。

「ローリー様は神殿にいらしたことがないのですか？」

「ないよ」

「王族以外のものは、基本的に神殿には入れませんから」

カイは優しく言った。

「私もほとんど行ったことはありません」

「王族なら神殿に入れるのですね」

神殿の横を通り過ぎ、三人はオアシスに向かっていく。

「ええ。王族は神に祈りを捧げるために神殿に行きます。神に許しを請うのが、王族の務めの一つでありますから」

微かに風がしっとりと柔らかくなってきた。オアシスが近づいてきたのだ。

「リアム」

ローリーが漆黒の騎士を見上げる。

「リアムって……すごくいい匂い」

甘えるようにその胸に寄りかかる。

「お花の匂いだ……」

白いドレスと白い帽子のオリビアがトレイの上に水差しとグラスをのせて入ってきた。

「カイ様」

この国では、冷たいままで飲める水は稀少だ。贅沢品と言ってもいい。

「お水をどうぞ」

「ありがとう、オリビア」

湯浴みを終えたカイは、薄物を一枚着ただけの姿で窓の外を見ていた。

「もう下がっていいよ」

「はい、カイ様」

両手の指先を肩に当てて頭を垂れると、オリビアは部屋を出ていった。カイがここに来た頃はまだ幼さの見える少女だったオリビアも、すっかり落ち着いて頼れる侍女となっている。

街灯などない真の闇。神殿の篝火だけが、砂漠に赤い。

「……」

カイは窓枠に手をかける。美しい透かし彫りを施したそれは芸術品の趣だ。細い指で蔓草模様の彫刻をなぞりながら、カイは闇に目をこらす。ベルベットのようなナイトブルーの空には、無数の星が輝く。ダイヤモンドをばらまいた夜空を見上げて、細いため息をついた時だった。

「……っ」

暗闇からすっと手が伸びて、窓を軽く叩いたのだ。

「誰……っ」

カイは息が止まるくらい驚いていた。思わず後ずさりしながら、誰何する。

「カイ様」

密やかな声がした。カイは胸を押さえながら、そっと窓辺に近づく。

「……リアム？」

「はい、カイ様」

窓を開けると、その下には黒衣の騎士が跪いていた。

「どうしたの、リアム」

「カイ様、私はこのお屋敷を守る任から解かれました」

「え……っ」

カイは慌てて庭に下りるための扉を開けた。そこから外に走り出る。

「リアム……っ」

「カイ様、身体が冷えてしまいます」

リアムは優しく微笑んでいた。

「お部屋にお戻りくださいい。ただ……お別れを申し上げるために参っただけですので」

「お別れって……どこかに行ってしまうの……」

カイは手を伸ばして、リアムの頬にそっと触れた。

「どこに……行くの……？」

「皇太子殿下のご命令で、隣国フォンテーヌに参ります」

「フォンテーヌ……？」

カイはその国の名を繰り返して、そして、はっとした。

「フォンテーヌって……国王陛下が戦争を仕掛けようとしている……」

「皇太子殿下から受けたご命令は、フォンテーヌのベルナデット王妃を暗殺することです」

「暗殺……っ」

カイは両手で自分の口元を押さえてしまう。

「どうして……っ」

「私が弓を得意としているからでしょう」

リアムは淡々と言う。

「ベルナデット王妃はフォンテーヌの国母とも呼ばれ、シンボル的な存在です。彼女を失うことは、フォンテーヌにとって、大きな痛手となるでしょう」

「でも、オスカー様は戦争をしたくないはず……っ」

だからこそ、カイは彼に蹂躙され続けることに耐えてきたのだ。

「戦争をしたくないからこそ、内側から突き崩そうとしているのでしょう」

リアムは静かに言い、はかなく微笑んだ。

「おそらく、ここに無事に戻ってくることはできないでしょう」

「リアム……っ！」

「相手はフォンテーヌ一の重要人物です。警備も厳重なはずです」

リアムはすっと手を伸ばすと、カイの着ている薄物の裾（すそ）を引き寄せた。愛（いと）しげにそこに口づける。

「カイ様、ほんの短い間でしたが、あなたとローリー様と過ごした時間はとても楽しく、癒（い）やされるものでした。あなたとローリー様を守るためなら、私は死地に赴くことも怖くない」

「リアム……」

カイの白い頬に、一筋の涙が伝わり落ちる。

〝律……せっかく……せっかく会えたのに……〟

たとえ記憶はなくても、二人の間には穏やかで優しい時間があった。二人……いや三人の間にあったのは、紛れもなく愛だった。

〝せめて……せめて、記憶が戻っていれば……っ〟

こんなによそよそしい……他人行儀な挨拶(あいさつ)で、もう二度と会うこともできない死地に、彼を送り出すことなどしないのに。

「……カイ様、どうか……お幸せに」

彼のまろやかな声が、カイの頬を優しく撫(な)でる。

「どうか……あなたは幸せになってください」

カイはぽろぽろと涙をこぼす。

〝どうすれば……どうすれば、律に届く……〟

その時、カイの脳裏に、彼と結ばれた夜のことが蘇(よみがえ)った。

「……待って」

カイはゆっくりと立ち上がったリアムの腕に触れた。

「カイ様……」

「お願い、少しだけ待ってて」

そう言うと、カイは一度部屋の中に駆け込み、すぐに駆け戻ってきた。

「リアム、これを……」

カイの手にあったのは、ペンダントのような形のタリスマンだった。赤い石がはめ込まれた美しいタリスマンを、カイはリアムに差し出す。

「カイ様……」

「持っていって」

カイはささやくように言った。

「しかし……」

「お願い。持っていって」

カイはタリスマンにキスをしてから、再びリアムに差し出した。

「僕の代わりだと思って……持っていって」

リアムの首にタリスマンをかけて、カイは涙を拭う。

「……ご武運を」

「ありがとうございます、カイ様」

リアムは淡く微笑んだ。

そして、自分の襟元に手をやると、軽く何かをつまみ出すような仕草を見せた。

「それでは……」

すっと引き出したものを見て、カイは息が止まるような思いをした。

〝嘘……っ〟

首の後ろに手を回して、鎖の留め金を外すと、リアムはまだ自分の体温を吸っているタリスマン……緑色の石がはめ込まれた美しいタリスマンを差し出してくれたのだ。

「これをあなたに」

「これ……は……」

これはカイがあの世界に置いてきたはずのものだった。祖父が亡くなったあの日に、大学の医局の机に置いてきてしまったはずのものだった。

〝どうして……これを律が……〟

「皇太子殿下にお助けいただいた時、私が唯一身につけていたものだそうです。たぶん、私はこのタリスマンのおかげで、今日まで無事に生きてこられた。ですから、これを……あなたに」

「あなたの……大切なものではないの？」

彼は……やはり律だ。このタリスマンを持っている以上、彼は間違いなくあの世界から、ここにたどり着いた者であり、また、不破律その人であるはずだ。カイは四年ぶりに自分の手に戻ってきたタリスマンを抱きしめる。

「……あなた以上に大切なものは……ありません」

優しく穏やかな口調で言うと、リアムは手を差し出してきた。カイは迷うことなく、その指に指を絡ませる。

伝わるぬくもり。そして、流れ込んでくる……想い。カイははっとして顔を上げる。

「律……っ」

指先から伝わるのは、熱い想い。狂おしいほどの愛の重さ。懐かしい黒い瞳（ひとみ）がカイを見つめる。彼は優しく指を解くと、その指を軽く自分の唇に当てた。小さく首を横に振る。

「律……」

彼はすでに記憶を取り戻している。佳以と触れ合うことによって、不破律としての記憶を取り戻している。佳以が彼のまとうジャスミンの香りによって、記憶を取り戻したように。

「どうぞ、お元気で」

彼はささやくように告げると、すっと馬に跨（また）がった。

「あなたを守るためなら、私は何も怖くはない」

カイは無言のまま、黒衣の騎士を見つめる。その姿を瞼（まぶた）に焼きつけようとするかのように。

行かないでと叫びたい。もう二度と離さないでと叫びたい。

でも、そんなことをしたら……愛する恋人は、おそらくこの場で拘束され、間違いなく殺されてしまうだろう。

「……さようなら、カイ様」

優しい別れの言葉を残して、騎士は音もなく走り去る。

「……律……っ」

すでに闇に紛れてしまったその後ろ姿を探すようにいつまでも見つめながら、カイは涙を流し続ける。

「帰ってきて……」

両手で顔を覆い、その場に泣き崩れる。

「必ず……帰ってきて……っ」

またたく星が降るように美しい夜のことだった。

ACT 6

「ローリー、眠くなったね」

小さなあくびをし、目を擦(こす)り始めたローリーをそっと抱き上げて、佳以は柔らかい頬にキスをする。

「ベッドに行こうね」

「カイ」

可愛い声で言って、ローリーが佳以の首に抱きついてくる。

「ねぇ、リアムは？」

「ローリー……」

リアムが旅立ってから、すでに七日が過ぎていた。なんの音沙汰(おとさた)もないのを無事の証拠と見るか、彼が命を落としたと考えるか。あれから、オスカーは二度ほどここを訪れていたが、ただの警護の騎士の安否を聞くことなどできるはずもない。

〝それに……〟

フォンテーヌに対して、過激な手段を執ることを避けてきたオスカーが、わざわざリアムを指名して、暗殺者として送り込んだことが納得できなかった。

〝まさか、オスカーはリアムが律と……ローリーの父親と知っていて……〟

そんなことはあり得ないと思いつつも、疑惑は拭いきれない。それだけに、リアムのことをオスカーに聞くことはできなかった。

「そのうち、戻ってくるよ」

佳以は優しく言い、ローリーをそっとベッドに下ろした。

「ローリーがいい子にしていたら、きっと戻ってきてくれるよ」

守ることもできないであろう約束をしながら、佳以は深いため息をついた。

「カイ」

眠りに落ちるその瞬間、唐突にローリーが大きく目を見開いた。

「お守り……」

「え？」

「お守り……色が違うね」

佳以ははっとして、自分の胸にかけてあるタリスマンを握りしめた。

今までは、オスカーに取り上げられることを恐れて、身につけてはいなかったタリスマンだったが、律との大切な絆の品となった今は、逆に手放すことができなくなっていた。

「そう……？」

ローリーはこのタリスマンをほとんど見たことがなかったはずだ。顔も知らない両親が残してくれた唯一の形見なのだ。まだ小さな子供であるローリーにいたずらされては困る。大切にしまいこんでいたのだった。

「赤が緑になってるよ」

そう言うと、ローリーは目を閉じた。すぐに健やかな寝息を立て始める。

「……どうして、知っているんだろ……」

ふわふわの髪を優しく撫でてやりながら、佳以は首を傾げる。

「……まぁ、いいか」

今は小さな疑問くらいなら、胸の片隅にしまう。

もっともっと大きな不安に、佳以は苛まれていたからだ。

あなたは……今どうしているの？　どこにいるの？

帰ってきてはくれないの？

「今日は風が強いな……」

佳以はそうつぶやくと、窓の外を見た。

リアムが旅立ってから、こうやって外を見るのが癖になってしまった。ローリーを寝かしつけ、湯浴みをして眠るまでの時間、佳以は一人窓辺に立つ。星明かりだけの闇の中、何かが見えるはずもないのに、佳以はじっと目をこらし、耳をそばだてる。

「もしも戦争になったら……」

こんなふうに、愛する人を切なく待ち続ける者たちが増えるのだ。今日は帰ってくるか。明日は帰ってくるか。ただじっと、その足音を待ち続ける者たちが。

〝僕がメシアを孕み、産むことができたら……〟

オスカーの子をこの身に宿すことができたら、もしかしたら、その戦争は避けられるのかもしれない。しかし、この身体が壊れるくらいに彼を受け入れても、二度と佳以は身ごもることはなかった。

〝もしかしたら、僕が子供を身ごもることができるのは……一度だけなのかもしれない……〟

イーライに聞いてみればわかるのかもしれないが、すでにローリーを産んだことを知っているはずの彼が、佳以が寵姫(ちょうき)の立場にあることを否定していない以上、伝承に、子を孕むのは一度限りという言い伝えはないのだろう。いつまで、この幽閉生活は続くのだろう。自分はもう一度子供を身ごもることはあるのだろうか。

「何も……見えない……」

この暗闇のように、佳以のこれからの人生が見えない。深くため息をついて、窓辺から離れようした時だった。

「……っ」

カンッと小さな音がした。何かが窓にぶつかったような音だ。聞き間違いかと息を潜める。と、もう一度、今度ははっきりと聞こえた。カンッと。

「……誰かいるの……っ」

窓に小さな石がぶつかるような音だ。今日は風が強いから、砂漠から何かが飛んできたのかもしれない。佳以はそっと窓を開けた。強い風がさっと吹き込んでくる。思わず目をつぶりそうになった佳以の視界の片隅に、何かが動くのが見えた。

「誰……？」

「……佳以……」

掠（かす）れた微かな声。しかし、その声を忘れるはずもない。

「……律……っ！」

佳以は裸足のまま、ドアを開けて庭に走り出た。

「律……っ！」

微かな星明かりの中、別邸の壁に寄りかかるようにして、懐かしくも愛しい人が力なく座っていた。

「律……帰ってきたの……っ」

叫び出しそうになる佳以に向かって、律はそっと唇に指を当てた。佳以は慌てて声を抑え、愛しい身体を抱きしめる。

「帰ってきて……くれたんだね……」

「……ああ……」

ほとんど吐息だけの声に、佳以は改めて律を見つめる。

「ケガを……しているの……？」

「……すまない……」

暗闇では、彼がどこをケガしているのかがわからない。

「……立てる？」

そっと尋ねると、律が頷いた。佳以はいったん部屋に戻ると改めて明かりを点ける。庭に再び戻って、律を助け起こそうとすると、彼の唇から苦しそうな呻き(うめき)が漏れた。

「もしかして、右腕をケガしているの？」

「いや……肩だ」

律が苦しそうに答える。

「右肩を……矢で射貫(いぬ)かれた」

佳以は悲鳴をようやく飲み込んだ。律の左腕を引っ張ってどうにか立たせると、部屋の中に運び込む。

「ベッドが……汚れる……」

「何を言っているの」

佳以は自分のベッドに律を寝かせると、彼が羽織っていたマントを外した。

「……ひどい……」

マントも、その下の黒い装束……身体にぴったりと沿ったベストもシャツもすべてが血に塗(まみ)れていた。黒だから血の色は目立たないが、その匂いで、どれだけ凄(すさ)まじい出血かがわかる。

「……矢に毒は塗っていなかったようだ……」

律が苦しそうに言う。

「しかし……射貫かれてから……すでに二日経っているから……」

「どうして……っ」

佳以は律の装束を脱がせて、傷を露(あら)わにした。矢で射貫かれたというだけあって、傷自体はさほど大きくないのだが深く、すでに化膿(かのう)し始めているようだ。感染を起こしているのだろう。

「どうして、すぐに来てくれなかったの……っ」

フォンテーヌ国境からここまでは、馬であれば半日ほどだ。二日前に矢で打たれたというなら、なぜ昨日のうちに戻ってきてくれなかったのか。

「……昼間はここに近づけなかった」

佳以が運んできたグラスで水を一口飲んで、律が言う。

「……俺はフォンテーヌ王妃を暗殺することができなかった」

「律にそんなことできるはずがない」

佳以は泣き出しそうになりながら、水差しの水にきれいな布を浸して、傷の血を拭(ふ)き取る。

「なんの罪もない人を殺すことなんて、律にできるはずがない」

「……そうだな」

律が笑った。もう言葉も表情も、完全に不破律のものだ。記憶は戻り、またそれを隠すこともやめてしまったらしい。

「その通りだ。俺は暗殺者になんかなれなかった。矢はつがえたものの……放つ決心がつかなくて……ためらっているうちに、王妃の警護をしていたフォンテーヌの王子に、逆に射貫かれてしまった……」

矢はすでに抜けていたし、出血も止まっている。しかし、傷の汚染はかなりのもので、傷の縁がどす黒く色が変わり始めていた。佳以は律の額に手を当てた。かなり発熱しているようで、顔も身体も燃えるように熱い。

「……待ってて」

佳以は冷たい水で濡らした布を律の額に乗せると、戸棚を開けた。そこには、さまざまな植物を採取し、乾燥させたものがしまわれていた。

「これと……これ、それから……」

鎮痛と解熱、消炎作用のある薬草を選び出していく。

前の世界の記憶が戻る前から、佳以はこの世界の植物に興味を持っていた。きれいな花を咲かせるものはもちろん好きだったが、それよりも薬効のある植物に興味があった。さまざまな知恵を持っている神殿の神官たちに教えを請い、たくさんの薬草を庭に植えて、採取していたのだ。記憶が戻ってからは、本格的に研究を再開し、この世界の植物が、前の世界の植物とほとんど変わらないことに気づいていた。

「えっと……」

少しためらってから、佳以は思い切って廊下に出た。使用人たちが暮らしているエリアに走っていき、一つの部屋のドアを叩く。

「……オリビア、起きてる？」

「カイ様」

すぐに寝間着姿のオリビアが顔を出した。

「どうなさいました？　ローリー様に何か……？」

「違うんだ。あとで説明するから、とりあえず、お湯をたくさん沸かしてくれる？」

「承知しました」

少女の頃から佳以に仕えている侍女は、説明を求めることもなく、素早く動いてくれる。

佳以は自分の部屋に立ち帰ると、脂汗を浮かべ、蒼白（そうはく）な顔をした律の傍に駆け寄った。

「律、大丈夫？」

「あ、ああ……すまない……」

「謝らないで。すぐに痛み止めと熱冷ましを飲ませてあげるからね」

〝でも、抗生物質なんかないし……〟

とにかく、この傷をなんとかしなければ。

「どうすればいいんだろう……」

前の世界では医師であった佳以だが、基礎医学を専攻する研究医だったため、臨床経験は学生時代のポリクリのみだ。

〝僕が律みたいな臨床医だったら……何かできることもあるのに……〟

ここで手に入るレベルの薬草では、根本的な治療はできない。死期を少し先に延ばすくらいのものだ。

〝律……〟

神は残酷だ。最愛の恋人に再会させては、佳以をまた絶望の淵に突き落とす。

「僕が……」

佳以は唇を強く噛みしめる。

「僕が……代わりになれたらいいのに……っ」

そんな魔法はないのだろうか。男の身である自分が子を孕み、産むこともできた世界なのだ。代わり身の魔法くらいあってもいいのに。

「そんなことを……言うな」

佳以の言葉を聞き取ったのか、律が低い声で言った。

「おまえが傷つく方が……俺はつらい……」

熱に浮かされた妙にふわふわとした口調で。

「そんなことでおまえを悩ませるために……俺は戻ってきたんじゃない……」

「でも……っ」

佳以はベッドの横に跪くと、律の額に浮かぶ汗を優しく拭った。また泣いてしまいそうになる。

「でも……もうあなたを……失いたくない……」

この手の届くところに戻ってきてくれた最愛の人。もう絶対に失いたくない。離れたくない。

「……それなら」

律が少しだけ笑った気がした。

「カイ様……っ」

そこにオリビアが駆け込んでくる。

「お湯を沸かし……リアム……っ」

オリビアがびっくりしたように立ちすくむ。

「オリビア」

佳以は落としそうになっている湯沸かしをそっと取り上げて、床に置いた。

「みんなが起きてしまう。静かに」

「……申し訳ございません……っ」

オリビアは慌てて跪いた。佳以はちょっとだけ笑った。

「いいんだよ。でも……君にお願いしたいことがある」

「なんなりと」

「……っ」

「……オリビア」

佳以が口を開きかけたのを制して、律が言った。

「……頼みが……ある」

「……ええ」

必死の表情に、オリビアは気圧(けお)されたように頷いた。

「……よく切れる短剣……なるべく小さいもの……ろうそく……強い酒……できるだけきれいな布……きれいな糸……新しい針……」

「わ……わかったわ……」

オリビアはこくこくと再び頷く。

「すぐに持ってくるわ……っ」

「ああ、オリビア」

駆け去ろうとする背中に、佳以は言った。

「……他の召使いたちや……オスカー様には……」

「……絶対に言いません」

立ち止まると、オリビアは力強く答えた。

「それが……カイ様のお望みなら」


「……本気なの」

佳以は大きく首を横に振った。

「無理だよ、そんなの……っ。できるはずない……」

「できる」

ベッドに横たわった律は優しく微笑んでいた。

「おまえなら……できる」

「できない……っ」

佳以は半ば叫ぶように言う。

「無理だよ……っ、膿んだところを……切り取るなんて……っ」

「おまえならできる……佳以」

律は落ち着いた口調で言った。

「おまえは……医者なんだ。デブリードマンの基礎はわかっているだろう」

「律……っ！」

佳以は大きく目を見開いた。

「無理だよ……っ！　僕は……僕は律みたいな臨床医じゃないんだ……っ」

「佳以」

律は手を伸ばした。熱い手で、佳以の腕を掴む。

「難しくはない。色の変わっているところをナイフで切り取るだけだ。矢は……貫通していなかった。傷は深いが……範囲は広くない。細かい血管は……熱したナイフで焼灼できる」

「麻酔ができないんだよ……っ、律……っ！」

思わず佳以は叫ぶ。

「痛みでショックを起こすことだってあるんだよ……っ」

「佳以」

律はなだめる口調になる。

「でも、男性は痛みに弱いんだよ……」

「俺なら大丈夫だ」

「佳以」

それは、やはり記憶の中にある恋人の優しい声。帰ってきたんだと喜びの感情が湧いてくるが、それよりも大きな不安に再び押しつぶされてしまう。

「このままでいても……俺は死ぬだけだ。それなら……おまえが助けてくれる方に賭けたい」

熱に掠れていても、その口調は凜々しく、ためらう佳以の背中を強く押す。

「……頼む、佳以」

「……律……」

月が傾き始めていた。やがて月は沈み、陽が昇る。朝になる前に、彼を助けなければ。

時間は……もう残されていない。彼の顔色は確実に悪くなっている。熱はさらに高くなっているのに、もう汗は出ていない。体温を下げる方向に身体が向かっていないのだ。

「……わかった」

佳以は頷いた。後戻りはできないのだ。前に進むしか、もう道は残されていない。

「……頑張ってくれる？」

「おまえのために」

間髪入れず、律が答えた。

「俺は……絶対に死なない」


窓を開けると、乾いた風が吹き込んできた。きんと澄んだ朝の風だ。佳以は裸足のまま、庭に出た。しっとりと冷たい土の肌触り。

「……朝になった……」

佳以は部屋の方を振り返る。ふらりとめまいが襲ってきたのを、目を閉じることで堪（こら）える。

「朝に……」

深いため息をつく。

ベッドでは愛しい人が眠っていた。まだ予断は許さない状態だが、彼の傷はできうる限り化膿した部分や汚染した部分を切り取り、細かい出血は血管を焼灼して止血した。傷は糸で縫い合わせ、きれいな布を当てて、包帯で固定してある。佳以が調合した薬草を煎じたものを飲んで、律は眠りについていた。

麻酔なしのデブリードマンに、律は耐えた。気を失いそうな激痛にも、声ひとつあげずに耐え抜いたのだ。

「……どうか……」

佳以は跪き、朝の光を浴びて、白く輝く神殿に向かって祈る。

「どうか……律を……助けてください……」

僕から最愛の人を奪わないで。

僕の愛しい息子の父親を……奪わないで。

ACT 7

律がベッドから起き上がれるようになるまでには、十日ほどが必要だった。

「少しだけ、腕の上がりが悪くなったな」

三角巾で右腕を吊って、律は椅子に座り、緑豊かな庭を眺めていた。

「……筋肉や神経を傷つけたのかもしれないね」

佳以はため息混じりに言った。両手で律の肩を抱きしめる。

「ごめん……僕がちゃんとした医者だったら……」

「おまえが医者じゃなかったら、俺は今頃生きていない」

律は柔らかく微笑んだ。

「ありがとう……佳以」

「カイ……」

そっとドアのところから顔を覗かせていたのはローリーだった。

「入っても……いい？」

律がこの部屋で療養に入った時から、佳以はローリーと、オリビア以外の召使いの出入りを禁じていた。

「……律……」

不安そうに見つめる佳以に、律は苦笑して頷いた。

「俺も会いたい」

「……わかった」

佳以は微笑んで、ドアに向かって手招きした。

「おいで、ローリー」

「うんっ！」

ローリーは大喜びで飛び込んできた。

「リアムっ！　リアムっ！」

「ローリー様」

律が笑っている。

「私はケガ人です。お手柔らかにお願いいたします」

「帰ってきたんだね、リアムっ！」

「はい」

律は柔らかく微笑み、飛びついてきたローリーを左手だけでひょいと膝に乗せた。

「カイ様とローリー様が待っていてくださるので、帰って参りました」

「帰ってきて……嬉しい」

ローリーはにっこりして、甘えるように律の胸のあたりに寄りかかった。そのぬくもりに、律も微笑んでいる。

「私もローリー様にまたお目にかかれて嬉しいです」

「ねぇ、リアム。リアムはどこに行っていたの？　その手はどうしたの？　痛いの？」

「さぁ、どこでしょうね」

律は笑ってはぐらかす。

「いずれお話ししましょう。ローリー様がもう少し大きくなって、お一人で馬に乗れるようになったら」

「えーっ！」

ローリーは不満そうだ。

「そんなの……ぼくがリアムくらい大きくならなきゃ、だめじゃないか」

「そうですね」

律は愛おしげにローリーを左手だけで抱きしめる。

「ですから、たくさんごはんを召し上がって、たくさん遊んで、たくさんいろいろなことを学んで……そして、大きくなってください。私はいつまでも待っていますよ」

「リアム」

ローリーはぽんと律の膝から下りる。

「ほんとに？　もうどこにも行かない？」

「……はい」

微笑んで頷いた律ににこっと笑いかけると、ローリーはぱっと庭に飛び出していった。

「ローリー、転ばないようにね」

「はーいっ！」

緑でいっぱいの庭を走り回るローリーを見つめながら、二人はそっと寄り添った。

「……律」

佳以は静かな口調で言った。

「……律はここがどういう世界か、わかってる？」

「少なくとも、俺たちが暮らしていた世界とは違うよな」

律は冷静だった。

「俺は今から一年くらい前に、この世界に飛ばされてきた。気がついたら、神殿の生け贄（いけにえ）

の座に寝ていた。見つけてくれたのは、神殿の神官であるイーライ様だ」

佳以はこくりと頷いた。

「僕も同じだよ。僕は、イーライとオスカー皇太子殿下の前に忽然と現れたらしい」

「おまえがいなくなったのは……野々宮先生の葬儀の夜だ。覚えてるか？」

律に尋ねられて、佳以は小さく頷く。

「つい最近思い出した」

わずかに開いた窓の隙間から、甘いジャスミンの香りが忍び入ってきたその瞬間に。

「律」

佳以は床に座ると、律の足元に寄りかかる。

「相変わらず、ジャスミンの香りがするんだね」

「あ？　そうか？」

ずっとジャスミンの香りに満ちた家で暮らしていた律の身体には、ジャスミンの甘い香りが染みついている。

「……警備で庭にいたんだね」

佳以の言葉に、律は少しためらったあとに頷いた。

「……カイと呼ばれる美青年が……皇太子殿下の寵姫であることは知っていた」

佳以がオスカーに抱かれているのを律は知っていた。きっと……苦痛の悲鳴もあられもない声も聞いていたはずだ。

「ただ、それがおまえだとは知らなかった。というよりも……自分が誰で、おまえが誰かもわからなかった」

やはり律もまた、記憶をなくしていた。前の世界からこの世界に飛ばされる時に、一度記憶はリセットされるようだ。

「記憶が戻り始めたのは、ここに警備に来てからだ。そう……今から一カ月前くらいか」

律は少し遠い目をしながら言った。

「おまえの手に触れた時……何か電気が走るような感覚があって、いきなり頭の中がクリアになった」

「そう……なんだ」

「ああ。それまでは、起きているのに、頭のどこかが常に眠っているような感じだった。それがいきなりなくなった。覚醒(かくせい)……という言葉が一番ぴったりくる気がする」

二人の視線の先で、ローリーがはしゃぎ回っている。庭で洗濯物を干していたオリビアにふざけかかって、二人はそのまま笑顔で遊び始めた。

「……あの夜」

律が静かな口調で話し始めた。

「おまえが眠ってしまって……俺はシャワーを浴びて、おまえの身体だけでも拭いてやろうと思って、ベッドに戻ったら……もうおまえはいなかった。慌てて、家中探して……でもおまえはどこにもいなくて。翌日まで待って、近所や大学の周辺も探して……三日後に捜索願を出した」

「そう……」

「……後悔した」

律がぽつりと言う。

「選りに選って、野々宮先生の葬儀の日に……あんなことをしてしまって。おまえが……俺から逃げ出したんだと思ってた」

あんなこと。

それは律と佳以が愛し合ったことだ。

「……逃げ出したりなんか……しない」

佳以は震える声で言った。

「僕も……僕も律のこと……」

あの部室棟の後ろで告白される律を見た時の胸の痛み。それは間違いなく変質した恋心だ。佳以はこの凜々しい幼なじみに恋をしていた。だから……。

「僕は……律と……ああなったことは……全然後悔していないよ？」

佳以は律の膝のあたりに頰を寄せる。

「……ねぇ、律。律はどうやって、ここに来たの？　僕は……どうやってここに来たのかわからないんだけど……」

「わからない？」

「いや、ちょっと違うかな。きっかけはわかってる。きっかけは……タリスマンだと思う」

「タリスマン？　おまえが俺にくれた赤いやつか？」

佳以はこくりと頷く。

「……そうか」

律は視線を遊ばせて、何かを考える表情だ。

「俺は」

律は佳以の素直な髪をさらさらと撫でる。

「おまえがいなくなってから三年あまり、おまえを探し続けた。俺の心当たりはすべて探した。でも、おまえは見つからなくて……。そんなことをしている間に、薬理の医局から連絡が来て……おまえのロッカーと机を片付けたいと言われた」

佳以の肩がびくりと震える。

「失踪してから、まだ七年は経っていない。失踪宣告もできないから、佳以は……死んだことにはならない。でも、やっぱり三年は長くてさ」

律は穏やかに続けた。

「佳以には、肉親がいない。だから、幼なじみで親友だった俺に話が来た。佳以の荷物を引き取ってくれって」

「じゃあ……」

「ああ」

ノイバラの白い花を摘んでもらって、ローリーが嬉しそうに笑っている。

「おまえが医局に置いていたもの……さまざまなファイルや小物や……その中に佳以の家の鍵と……」

律はすっと手を伸ばすと、佳以の襟元に指先を滑り込ませて、佳以が首にかけているタリスマンを引き出した。それは緑色の宝石をはめ込んだ、佳以が律に渡したタリスマンと対になるようなものだった。デザインはほとんど同じで、五芒星のように見える星が輝いている。

「これがあった」

「これ……僕が医局のデスクに置いてきちゃってたんだよね……」

佳以のつぶやきに、律は首から赤いタリスマンを外し、佳以の手の中にしゃらりと落とす。代わりに、佳以から緑色のタリスマンを受け取った。

「これを手にして、おまえの家に入った瞬間だった。突然、手の中がものすごく熱くなって……気がついたら、神殿にいた」

「そう……」

佳以は受け取ったタリスマンを自分の胸にかける。律の胸には、佳以が渡した緑色のタリスマン。

「律、もうわかっているとは思うけど、ローリーは……律の子だよ」

「ああ」

律はすんなりと頷いた。

「最初にローリーを見た時、本当に驚いた。俺と……あまりによく似ていたからな。おまえがローリーを産んだとイーライ様に聞いていたから、おまえが佳以で、俺が律だと思い出した時、おまえが俺の子を産むことができる身体であるなら……あの時、妊娠したのだろうと……思った」

二人の初めての夜、律は佳以の中に溢れるほどたっぷりと精を注ぎ込んでいた。

「佳以、おまえは……どういう存在なんだ？」

ラベンダー色の空が広がり、赤い砂漠のただ中に、白亜の神殿がそびえるこの世界で。

「……僕は、生け贄となった両親から生まれた子なんだ」

「生け贄……？」

佳以はすっと立ち上がると窓を開けた。

「ローリー、そろそろ入っておいで。オリビアの仕事を邪魔しちゃいけないよ」

「はぁい！」

元気に返事をして、ローリーが戻ってくる。

「カイ、オリビアがお花をくれたの」

ローリーが白い愛らしい花を差し出してくる。ノイバラは薬効もある植物だ。笑顔で受け取ったカイは、テーブルの上のグラスにそっと差す。

「ローリー、こっちにおいで」

ベッドに座る佳以の傍にちょこちょこと駆け寄ったローリーは、しばらくの間、キャッキャッとはしゃいでいたが、すぐにことりと寝入ってしまった。

「……可愛いな」

律が嬉しそうに微笑む。

「本当に……俺の子供の頃にそっくりだよ」

「……律」

ローリーの髪を撫でながら、佳以は一度途切れた話を続けた。

「生け贄の座がどういうものか、知ってる？」

「生け贄の座というんだから……生け贄が捧げられた場所だろ？」

佳以はこくりと頷き、少しためらってから、ずっと考えていたことを口にした。

「これは想像の域を出ないんだけど……あそこは一種の転移装置なんじゃないかと思う」

「転移装置？」

「そう。生け贄を捧げる儀式は、王族と神官だけで行われるから、どういう形になっているのかはわからないけど、神殿に死体の山がない以上、生け贄とされた人たちは消えてしまうんだと思う」

「消える……？」

人が消えるとはどういうことか。

「たぶん……生け贄として捧げられた人たちは、どこか……別の世界に飛ばされてしまうんだと思う。どういう仕組みかはわからないけど」

「それは……逆もまた真なりということか？」

さすがに律の理解は早かった。

「だから、佳以と俺は……別の世界から、あの生け贄の座に現れたということか……」

「じゃないかと思う」

研究者であった佳以はさまざまなことを深く考え、仮説を繋（つな）ぎ合わせ、理論を構築することに慣れている。

「……僕の両親のこと、律はお祖父（じい）様に聞いたことある？」

佳以が尋ねると、律は首を横に振った。

「いや。野々宮先生は、佳以のこと……ことに佳以のご両親のことには、まったく言及されたことがなかったな。俺も子供の頃に何度か聞いてみたことはあるんだが、言を左右にされて、何も答えてくださらなかった」

「だよね……」

佳以は両親の顔をまったく覚えていない。覚えていないどころか、知らないと言った方が正しい。何せ、写真の一枚も残っていなかったからだ。

「……僕の両親は、ある日突然、野々宮の祖父母の前に現れた。母は生まれたばかりの僕を抱いていて、呆然（ぼうぜん）としている野々宮の祖母に僕を託すと……その場で砂になってしまった」

「え……っ」

思わず大きな声を出した律に、佳以は指先を唇に当てた。ありがたいことに、ぐっすり眠っていたローリーは目を覚まさなかった。

「砂に……って……」

「赤い砂……この砂漠に吹く風に舞い上げられるような……赤い砂になってしまったと祖父の日記には書いてあったよ」

祖父の本葬の直前、数珠を探していた佳以は、祖母の仏壇の引き出しから、古びたノートを見つけた。それは備忘録とも言うべき、祖父の昔の日記だった。そこには衝撃的な事実が詳細に書かれていたのだ。

「白い衣装を着た二人は、金色の髪に青い瞳で、とても美しかった。彼らはまだ髪も濡れている僕を抱いていて、本当に生まれたばかりなのだとわかったと祖父は書いていたよ。両親は僕を祖父母に託すと、たどたどしい言葉で『砂漠の薔薇(ばら)は誰にも触れさせないで。誰にも知られないで』と言いつつ、さらさらとした赤い砂になったと」

「砂漠の薔薇……」

それは佳以の太股(ふともも)に刻まれた神の使いの証(あかし)。

「おそらく、僕の両親は神殿で神に捧げられた生け贄だったのだと思う。本来であれば、生け贄の座から消えるはずだった二人が、僕を身ごもっていたことから、砂にならずにあの世界にたどり着くことができた。そして、僕を産み落とすと……二人は砂になってしまった」

佳以は遠くに視線を遊ばせる。赤い砂漠にそびえる白亜の神殿。佳以の両親が生け贄として捧げられ、佳以と律がこの世界に現れた場所。

「最初、野々宮の祖父母は『砂漠の薔薇』が何を指しているのかわからなかったらしい。でも、僕が大きくなるに従って、太股の内側にある赤い痣(あざ)のようなものが、花びらの形になっていることに祖母が気づいて、これが『砂漠の薔薇』なのかと思ったらしい」

「おまえは……この世界の者だったのか。だから、俺の子を……産むことができたのか……」

佳以はこくりと頷く。

「『砂漠の薔薇』は神の使いの証なんだ。『砂漠の薔薇』を身に刻んで生まれた者は神の使いで、この国……ロシオンを救うメシアを孕む。それが……『砂漠の薔薇』の伝承なんだ」

佳以は少し哀しげに微笑むと、膝の上で眠るローリーの頬にそっとキスをした。

「祖父母は、僕を大切に育ててくれた。僕を神の使いとは知らないまでも……この子は別の世界から来た子だ。この子の両親は、命がけで我が子を救おうとした。だから……大切に守らなければならない。そう考えて、僕を守ってくれた。大切に……隠すように」

「だから、おまえを臨床医ではなく、研究医にしたのか」

すべてが繋がっていく。

「臨床医として患者を診れば、嫌でもおまえは多くの人に出会うことになる。研究医であれば、出会う人間は限られる。少しでも……おまえが目立ってしまうリスクを回避しようとしたんだな……」

律は呻くようにつぶやいた。

「それなのに、俺が……おまえの『砂漠の薔薇』に触れたから……おまえの大切な『砂漠の薔薇』に……惹かれてしまったから……」

あの初めての夜。律が引き寄せられるように『砂漠の薔薇』に口づけた瞬間、佳以は高みに引き上げられ、セックスで感じた以上のエクスタシーに襲われた。そして、その直後にこの世界へと飛ばされてしまったのだ。

「俺の……せいだったんだな……」

「……そんなことないよ」

佳以は優しくローリーをベッドに寝かしつけると、うつむいてしまった律に歩み寄った。その肩に両手を置いて、頬を寄せる。

「……大好きだよ、律」

彼の耳元でそっとささやく。

「佳以……」

「僕は……ずっとずっと律が好きだった。ちっちゃい頃から、ずっと律のことが大好きだったんだよ」

「でも、それは……」

「確かに、最初は友達としてだったんだと思う」

両手を律の胸の前に回し、佳以は穏やかな口調で言った。

「律の傍にいたくて……誰よりも律の傍にいたくて……医学部に進んだのだって、少しでも律と一緒にいたかったから……」

祖父が後を継がせるつもりがないことはわかっていた。再三再四、祖父は自分の代で診療所は閉じると言い続けていた。佳以が医学部に進むと言った時、祖父はなんともいえない表情になったことを覚えている。

「後悔しないで」

佳以は愛しい恋人を抱きしめる。

「僕は後悔していないよ。だから……律も後悔しないで」


「カイ様っ！」

いつもなら、ノックを欠かさないオリビアがいきなりドアを開けたので、律の包帯を替えていた佳以は飛び上がりそうになった。

「オリビア……驚かさないで」

「カイ様、大変です！　皇太子殿下が……っ！」

「え……っ」

オスカーはここ二週間ほど訪れていなかった。考えてみれば、一週間に一度は必ずここを訪ねていた彼が二週間も……律がケガを負って、フォンテーヌからここにたどり着き、ある程度回復するまで、オスカーがここに来なかったこと自体がおかしいのだ。

「早く、リアムを……っ」

「オリビア」

背後から冷たい声がして、オリビアがひっとすくみ上がった。

「何を騒いでいる」

「こ、皇太子殿下……っ」

オリビアは転げるように傍に跪いた。震える両手を肩に当てて、深く頭を垂れる。

「し、失礼いたしました……っ！」

そして、オスカーに顎で示されて、部屋の外に飛び出していく。

いつものように、豪華な刺繍を施した上着は黒に近いほど濃いダークブルーだ。宝冠を戴いたような金髪がふわりと揺れ、光を降りこぼす。

「久しいな、カイ。寂しかったであろう」

「お、おいでなさいませ、皇太子殿下……」

佳以は優雅に膝をつき、頭を垂れた。リアムもベッドから下りて、片膝をつき、利き手を逆の肩に当てる武人の挨拶をする。

「ご無沙汰しております、皇太子殿下」

「誰かと思ったら、リアムか」

オスカーは皮肉な笑みを浮かべた。

「おまえは死んだと聞いていたが。フォンテーヌのリシャール王子に矢で射貫かれて死んだと聞いていたのだが、報告は間違っていたようだな」

「リアムは」

何か答えようとした律を制して、佳以が口を開いた。

「つい数日前まで、生死の境をさまよっておりました。本人が、皇太子殿下にさまざまなことをご報告申し上げられるほどに回復してから、お知らせ申し上げるつもりでございました」

「ほう……」

オスカーが目を細める。

「皇太子の寵姫手ずからの看病とは、ずいぶんと手厚いものだな」

「リアムは……僕とローリーの警備をしてくれていた者ですから。無下に扱うことはできません」

佳以はしっかりと顔を上げていた。明るい栗色の瞳が、じっとオスカーのアンバーの瞳を見つめる。

「リアムは瀕死の重傷を負って、ようやくこの別邸にたどり着きました。ここは、フォンテーヌ国境に近いので」

「確かに城よりは近いな」

オスカーは苦笑している。

「カイ、おまえの言うことにも一理はあるか」

「一理も何も、それが事実ですので」

佳以の知的な口調に、オスカーがおや……？　という顔をしている。

「カイ、おまえ、なんだかいつもと違うな……」

「そうでしょうか」

ふいと視線をそらす。

「二週間もおいでになっていなかったので、僕の顔をお忘れになったのでは？」

「カイ様」

律が少し強い口調でなだめる。

過去の記憶をほぼ取り戻した佳以は、不安に揺れていた頼りなげなところが消えて、もともと持っていた知的な部分が強く出ている。

「申し訳ありません、皇太子殿下。ようやくこの通り、動けるようにもなりましたので、今日にもご報告に参じるつもりでございました」

律はすっと顔を上げた。

「大変に申し訳ありません。フォンテーヌ王妃ベルナデット様を打ち漏らしてございます。その上、この通り、警備に当たっていたリシャール王子に深手を負わされ……どのような処罰にも甘んじる覚悟にございます」

「よく言った」

オスカーはふんと嗤った。

「我が寵姫、カイの看病はよい冥土の土産となろう」

「オスカー様……っ」

佳以はびっくりして叫んでいた。

「せっかく……せっかく生きて帰ったのに……っ！　リ……リアムはもともと暗殺者ではありませんっ！　警備の固い王妃の暗殺など成功するはずがありません。そんなこと、あなたほどの方がわからないはずがないではありませんか……っ」

「それはそれは」

オスカーは相変わらず皮肉に嗤っている。

「ずいぶんと私の才を高く評価してくれたものだ。私は、リアムの武人としての能力を正当に評価していたつもりだが」

「殿下……」

律が絶句している。

「リアムの射手としての腕は大したものだぞ。私がずっと目をかけてきた射手たちも、突然現れたリアムには一目置いている。今まで見たことがないほどの才能であるらしい」

　オスカーはすっと上半身裸のリアムに近づくと、ようやく塞がった右肩の傷をぐっと摑んだ。

「……っ！」

「オスカー様……っ！　おやめください……っ」

　見る見るうちに、包帯に血がにじんでくる。深い傷が再び開いてしまったのだ。

「リアムの肩が……だめになってしまいます……っ！」

「命を失うよりもましであろう」

　オスカーはゆがんだ笑みを浮かべている。

「まだ左腕が残っている」

「オスカー様……っ！」

　佳以は叫ぶと、オスカーの腕にしがみついた。

「お許しください……っ！　どうか、お許しください……っ」

「おまえのその言葉はベッドでだけ聞きたいものだ」

　オスカーは脂汗を流す律を突き飛ばし、さらに右肩を踏みつけた。

「……っ！」

「おやめください……っ！」

佳以は叫び、オスカーを抱き留める。

「お願いですから……っ！」

「カイ」

ようやく律を苛むのをやめて、オスカーは凍りつくほどに冷たい声で言った。

「裸になれ」

「え……」

「ここで裸になれ」

「オスカー様……いったい何を」

「何を恥ずかしがる。いつもやっていることではないか。おまえはいつもここで、そのベッドで私に抱かれて、淫らな声を上げている。その細い腰を振って、ほしがるではないか」

「やめてください……」

佳以は両手で耳を塞ぐ。

「おやめください……」

「私をその華奢な身体で飲み込んで、幾度も幾度も気を失うまで……」

「やめてください……っ！」

　佳以は絶叫する。

「もう、やめてください……っ！」

　オスカーの手が、佳以の足元まである衣服をめくり上げ、右の太股に手を這わせる。

「やめ……て……っ」

「ここが……おまえは大好きだ。ここを撫でると……」

「あ……っ」

　佳以は泣き声を上げる。太股の内側に咲く赤い『砂漠の薔薇』。白い太股を撫で回す指に抗いながらも、佳以の吐息は乱れていく。

「やめて……あ……っ！」

　涙を浮かべながらも、佳以の身体は確実に高まっている。首筋から耳たぶが薄紅に染まり、膝が震えている。

「……裸になって、ベッドに行け」

　オスカーが抑揚のない口調で命じる。

「抱いてやろう。おまえが満足するまで、たっぷりと私の精を注ぎ込んでやる」

「お許し……ください……」

律の前で、運命の恋人の前で、他の男に犯される。そんなことは絶対にできない。絶対に。

「……死にます」

佳以は着ていたものを引き裂かれながら、最後の抵抗を試みる。

「ここで……僕を無理やりに……なさるなら、舌を噛んで……死にます……っ」

「おまえは何を言っている」

オスカーが冷たい無表情の仮面をつける。

「おまえは私の寵姫だ。私に抱かれて、淫らに喘ぐのがおまえの役目であろう」

「僕は……神の使いです」

佳以はきっときつい眼差しでオスカーを見た。

「僕は……『砂漠の薔薇』を身に刻む神の使いです。そんな僕を……あなたは辱めるのですか……っ！」

「おまえ……」

「他人の目があるところで……僕を力尽くで抱く。確かに、僕はあなたに庇護される身で抗うことは許されない。でも……っ」

半裸のまま、白い滑らかな肌を淡い色に染めて、佳以は叫ぶ。

「僕にも、神の使いとしてのプライドがあります。僕は……あなたの慰み者ではありません……っ！」

栗色の瞳が激しく燃え立つ。一瞬、押さえつけようとしたオスカーの手が緩んだ。

「……おまえは……っ」

「……皇太子殿下」

ゆっくりと床から起き上がった律が言葉を挟んだ。

「どうぞ……お静まりください。カイ様も落ち着かれて」

律は血のにじんだ包帯をちらりと見て、ふうっと深いため息をつく。

「私への咎はいつでもどんな形でも受けますが、そこにカイ様を巻き込まないでください。カイ様は、ただ頼ってきた私を助けてくださっただけ。罰するのは私だけに」

床に膝をつき、深々と頭を垂れる。

「私は逃げも隠れもいたしません。このまま、城にお連れくださっても構いません」

「……」

オスカーは無言のまま、しばらくの間、佳以をベッドに押さえつけていた。やがて、火を噴くような視線で佳以と律を睨みつけながら、ゆっくりとベッドから下りた。

「……好きにしろ」

オスカーは乱れていた襟を正すと肩をそびやかして、足音も高く、別邸を出ていった。

「……カイ様……っ」

「カイ……」

怯えきったオリビアが、ひくひくと泣きじゃくっているローリーを抱っこして入ってきた。

「ご、ご無事ですか、カイ様……っ」

佳以は慌てて、引き裂かれた衣服をかき合わせる。

「……ありがとう、オリビア。大丈夫だよ」

「リアム、血が……っ」

オリビアが悲鳴を上げる。律は額ににじんだ汗を拭いながら、薄く笑った。

「大丈夫。少し傷が開いただけだ。すぐに……塞がるから」

床に腰を落とし、ふうっとため息をつく。

「……オリビア」

佳以は柔らかく微笑んだ。

「僕、着替えるから、ローリーを連れていって、おやつをあげてくれる？」

「は、はいっ！」

オリビアはぽっと赤くなると、ローリーを抱っこしたまま、出ていった。

「律」

佳以はぱっと律に駆け寄った。

「大丈夫？　本当に大丈夫？」

「……俺、わりと頑丈だぞ」

律は凜々しい笑顔を見せてくれた。

「おまえの麻酔なしのデブリードマンに耐え抜いた男だぞ。塞がりかけの傷を踏まれたくらいでどうにかなるかよ」

「……律」

佳以は泣きそうな顔で笑うと、床に座り込んで、まだ息を整えている律を抱きしめた。

「……ごめんね。本当に……ごめんね」

「謝るのは俺の方だ」

律もまた抱きしめてくれる。二人はしっかりと抱き合い、そして、瞳を見交わすと、そっと唇を重ねた。

「俺が『砂漠の薔薇』に触れなければ、おまえはこの世界で……あいつに弄(もてあそ)ばれずにすんだのに……っ」

律の頬に涙が伝わる。それは最愛の人を汚された男の悔し涙だ。

佳以は首を横に振り、声も立てずに男泣きする恋人を抱きしめることしかできなかった。

ACT 8

遠くに神殿の篝火が見える。

「風が……強いんだね」

ベッドに起き直った佳以がつぶやいた。

「どうしてそう思う？」

佳以の膝を枕にしている律が言った。

この部屋には二人だけだ。律を介抱し始めた夜から、ローリーはオリビアに預けている。

オスカーが律の生還を知ってしまったのは、やはり召使いからの密告だった。召使いのうちの何人かは、佳以を見張り、密告することによって、オスカーから報酬を得ていたのだ。

初めて仕えた主である佳以に心酔しているオリビアは、密告した者たちを追い出すと言ってきたが、佳以は首を横に振った。ロシオンは貧しい国だ。自給自足はほぼ不可能に近い。そんな中で、仕事を失うことは大変なマイナスになる。

『もうバレてしまったことだしね』

そう佳以は言い、捨て置くようにとオリビアに伝えた。

「篝火が赤く見える」

佳以はそう言って、細い指で窓の向こうを指さした。

「ほら……いつもより篝火が赤い。赤い砂漠の砂が風で巻き上げられているからだよ」

二人は異世界の風景をじっと見つめる。

どこまでも続く赤い砂の砂漠。いつか、この国はすべてが砂で覆われる。赤い砂の下に王国は沈んでいく。

「……佳以」

律が手を伸ばして、佳以の頬に触れてきた。その手を優しく握って、佳以は微笑む。

「何？」

つかの間の平穏かもしれない。神の使いである佳以に固執する皇太子が、このまま黙っているとは思えなかった。兵を挙げて、この別邸を焼き討ちにし、佳以を略奪してもおかしくなかった。それが実行されないのは、おそらく、そういった暴挙に対して、佳以が命を捨ててしまう可能性があるからだろう。佳以は救世主を孕む神の使いだ。彼の命を奪ってしまったら……今度はいつ、神の使いが現れるのかわからない。もしかしたら、再びの愚行で神の怒りに触れたら……この国は一気に崩壊に向かってしまうかもしれない。

「……元の世界に戻る気はないか」

「え……」

唐突に突きつけられた問いに、佳以は目を大きく見開く。

「戻るって……」

「文字通りだ。来たのだから、戻ることもできるはずだ。一緒に、元の世界に戻らないか？　俺たちが生きていた……あの世界に」

小さなトラブルはあっても、幸せだった日々。穏やかで静かな暮らし。小さな日本家屋と広い庭。深い緑の香り。揺れる可憐な花びら。

「どうやって……戻るの？」

佳以は恋人の手のひらにキスをする。

「神殿の生け贄の座だ」

律はゆっくりと身体を起こした。

「俺とおまえ、そして、おまえの両親が二つの世界を渡った共通点は三つある。『砂漠の薔薇』、タリスマン、そして、生け贄の座だ」

宝石をはめ込んだ五芒星のようなタリスマンは今、二人それぞれの胸に輝いている。

「この三つが揃った時、二つの世界を結ぶ道が開かれる。そう思わないか？」

「……」

佳以はうつむいて考え込んだ。

佳以の両親が、ここから佳以たちの世界に渡った時、母は『砂漠の薔薇』を身に刻む佳以を身ごもり、両親それぞれがタリスマンを携えていた。

佳以がここに来た時は、佳以自身が『砂漠の薔薇』であり、そして、祖父が形見として残したタリスマンのうちの一つを手にしていた。

律がここに飛ばされた時は、律は『砂漠の薔薇』に触れた身であり、残されたもう一つのタリスマンを手にして、『砂漠の薔薇』に触れた場所に近づいた瞬間だった。

「可能性は……あるね」

佳以はゆっくりと言った。

「でも……確証はない」

「確証を得ている時間はない」

律はきっぱりと言う。

「佳以、間違いなく、皇太子はローリーが俺の子だと思っている」

「……オスカー様が……」

「そうでなければ、俺はフォンテーヌに送られはしなかった」

律は無意識なのだろう、自分の右肩に手を当てる。

「皇太子は今まで、フォンテーヌに刺客を送ったりはしていないらしい。それをやっていたのは、父親であるアレクサンダー国王で、皇太子はそれに対して異論を唱えていたという。それなのに突然、暗殺者としての実績も何もない、騎士としても新参である俺をフォンテーヌに送り込んだ。相手は国母とも呼ばれる王妃だ。警備は厳重に決まっている。手練れの暗殺者でも成功するかどうかは、五分五分以下だろう」

「それって……」

「ああ」

律は真剣な表情で深く頷く。

「俺を……亡き者とするためだろう。曲がりなりにも騎士である俺を、ロシオンの手の者が殺すのは難しい。誰がなんの目的で……ということになってしまう」

「律はどうして騎士になったの？」

律が転生者であることは、生け贄の座に現れたことから間違いないところだ。

「俺は最初、イーライ様に預けられていたんだ。佳以と現れ方が似ていたから、いったいどういう立場のものなのか、観察されていたんだな。佳以のような『砂漠の薔薇』はなかったし。神殿で暮らしているうちに、俺の身体能力が高いことがわかった。特に弓の腕が抜きん出ている……というイーライ様のお言葉で、騎士になった。ここの警備にあたったのは、弓の腕を買われてだ。接近戦を得意とする者とセットだったんだよ」

「律はスポーツ万能だもんね」

さすがに平和な世界から来たので、ナイフの扱いなどはできなかったらしいが、それもあっという間に身につけてしまったのだという。

「……俺がここの警備についてから、明らかに佳以の様子が変わってきた。佳以は……前の世界を思い出し始めたんだな」

初めて、記憶の混乱を起こした時、窓が少し開いていたことを思い出した。あそこからふっと流れ込んできたジャスミンの香り。律が常にまとっていたジャスミンの香りに、佳以の記憶の扉が一気に開いたのだ。

「皇太子はおまえの様子にひどく敏感だ。俺の出現とおまえの変化を結びつけるのは簡単だっただろう。そして、ローリーのルックスだ」

「ローリーの？」

「この国には、俺のような黒髪、黒い瞳はほとんど存在しない。それなのに、ローリーは黒い髪と瞳だ。異世界から来た俺と異世界から来た佳以の産んだローリーが、共に黒髪と黒い瞳……顔立ちもよく似ている。皇太子は、ローリーが俺の子ではないかと……俺と佳以が異世界で契っていたのではないかと疑ったんだろう」

　そして、オスカーは恐ろしい考えに至る。

「それで……律を殺すためにフォンテーヌに送り込んだ……」

「騎士を暗殺者とするのは、それほどおかしなことじゃない。俺も最初はそれほど疑っていなかったからな。暗殺の手段として、距離を置ける弓を使うことは、さほど不自然ではないし」

　しかし。

「だが、気がつくと、俺は敵陣にたった一人残されていた。いつの間にか、バックアップをしてくれるはずだった仲間はいなくなっていて、俺は一人敵陣のど真ん中に残されていた。フォンテーヌのリシャール王子は素晴らしい射手だった……。深手を負い、捕縛された俺が逃げ出せたのは、俺を連行したのが王子ではなかったからだろう。リシャール王子は……」

　律が苦笑している。

「……正直、ああいうシチュエーションでは、一番会いたくない類いの人間だったな」

　神殿の篝火が赤く揺れる。あの火は絶対に消えることはない。神官たちが火の番をし、神に届けと燃やし続ける祈りの炎だ。

「……俺はもう我慢できない」

律が低い声で言った。

「皇太子は、俺が生きていることを知っている。またいつ、無理難題を仕掛けて、俺をおまえから引き離すかわからない」

「……そうだね」

佳以は頷く。

「たぶん、律が回復したら、またすぐにどこかに遠征に出されてしまうか……再び、フォンテーヌに送り込まれるか」

「佳以、神の使いが子を孕むのは一度だけか？」

恐ろしくストレートな問いに、佳以は一瞬戸惑ってから、わからないと答えた。

「もしかしたら、そうなのかもしれないね。僕がローリーを産んだのが三年前で、あれから……一度も妊娠していないから」

あれほど、オスカーに抱かれていたのに。一度彼が訪れると、翌日は確実に寝込んでしまうほどの行為を強いられていたのに。

「しかし、皇太子は諦めていないのだろう？」

「それはね」

佳以は両手でそっと律を抱きしめて、その肩に寄りかかる。

「他国を侵略せずに、この国を砂漠化から救えるのは、神の使いが孕むメシアだけと言われているし、メシアは必ず王族の種でなくてはならない。そうでないと……この国は神の許しを受けられないし、緑の大地を取り戻すことはできない」

「面倒な伝承だな」

律は吐き捨てるように言った。

「神の使いはメシアを産むための機械か？　妊娠するまで、王族に犯されろと言うのか？」

「律」

佳以は目を閉じた。

「……僕がオスカーに……抱かれたことが許せない？」

この身体は四年近く、オスカーに所有されていた。

ローリーを身ごもっていると知った時から、佳以は我が子のために、生き抜くことを決心した。自分が身体を許すことで、ローリーにつらい思いをさせずに育てることができるならと耐えてきた。

「許せないのはおまえじゃない」

律は小さく震える佳以の肩をぎゅっと抱いた。そのまま、華奢な身体を腕の中に包み込むようにして、優しくベッドに沈める。

「許せないのは、この国とローリーを人質にして、おまえを無理やりに抱いていたオスカーと……おまえをこの四年間ひとりぼっちにしてしまった……俺自身だ」

「ひとりぼっちじゃないよ」

佳以は自分に覆い被さる恋人の哀しげな瞳を見つめて、微笑んだ。

「僕は……いつだって、一人じゃなかった」

意に染まない行為を強要され、絶望に打ちひしがれる時、いつも佳以の心を救ってくれたのは、ローリーの存在だった。両手を広げて、愛らしい笑顔で駆け寄ってくるローリーがいてくれたから、佳以は屈辱の日々を耐えることができたのだ。

「いつだって……僕の傍には、律が……律の分身がいたんだよ」

愛する人の子供を産むことのできる性。大学の部室棟の後ろで、律に告白する女子学生を見た時から、佳以はその存在に漠然とした憧れを抱いていたような気がする。

心から慕う相手と愛し合い、その愛の結晶を身に宿す。それはある意味、同性と愛し合ってしまった者の永遠の憧れかもしれない。佳以はそれを実現することができる唯一無二の存在なのだ。

「佳以……」

律の唇が佳以の唇に触れる。

「……愛している」

胸に迫る真剣な眼差しと真摯な言葉。

「どんなことがあっても、絶対に……おまえを離さない」

「うん……」

佳以は恋人の背中に腕を回す。

「僕も……離れないよ」

短い言葉の中にすべてを込める。瞳を見交わし、唇を重ねれば……もうそれだけで十分だった。

二人を隔てる薄物すら邪魔で、もどかしくすべてを脱ぎ落とす。髪の先からつま先まで触れ合うと、思わず深いため息が漏れる。

「……たとえ、元の世界に戻れなくても……時空の狭間に落ちてしまっても……」

佳以は艶やかに微笑む。

「ずっと……一緒だよ」

「ああ」

律が頷いた。左手で佳以のさらさらと滑らかな髪を撫で、額にキスをして、安らいだ笑みを返す。

「おまえが傍にいてくれるなら、そこがどんな地獄でも構わないさ」

そして、ゆっくりと右手で、佳以の背中を抱き上げようとして、律が少し顔をゆがめた。

「……痛いの？」

恋人の反応に敏感な佳以は、心配そうに見つめる。

「やっぱり、僕の処置がよくなかったから……」

「滅菌どころか、ちゃんとした消毒だってできない状況で、壊死も起こさなかったんだ。上出来……いや、天才レベルだろ」

律は佳以の頬にキスをする。

「でも、痛いのは否定しない」

「律……わ……っ」

びっくりするような筋力で、律は佳以と体勢を入れ替える。

「……こういうことを考えてたわけ……？」

くすりと小さく、少し恥ずかしそうに佳以は笑った。

「今の状態では、これが一番理に適ってる」

笑いながら、律も応じた。

「痛みを考えずに……お互いを感じられる」

ベッドに仰向けになった律の上に横たわった佳以は、身体を起こした。少しためらってから、両足を開いて、肩を痛めている恋人に跨るような姿勢を取った。

「……こんなの……初めてなんだから」

佳以は耳たぶまで薄赤く染めている。

「ちゃんと……教えてよ」

「教えないよ」

律は少し口元をゆがめた。

「……二人で……覚えるんだ」

律の左手が、佳以の腰に回った。細く締まった腰を撫で、固まった手のひらですべすべとした丸みのラインを撫で上げる。

「……律の手……」

佳以の首筋にすうっと血の色が昇る。

「前は……もっと柔らかかった気がする……」

目を閉じて、自分の素肌を楽しむように撫でる指先を感じる。

「ああ」

律が頷いた。

「ここに来て……さまざまな武器を扱ったからな……」

武器……前の世界にいたら、一生手に取ることもなかった武器で、律は暗殺者にもなってしまうところだった。

〝僕の……せいで〟

律の手が上に這い上り、佳以の胸でふっくらと色づく鴇色の乳首を軽く弾いた。

「ん……」

思わず声を上げそうになる。こんなに小さなものなのに、初めての時から、ここは佳以の身体に火をつけてしまうところだ。

「可愛いな……」

律がふっと笑う。感じやすい乳首の先を軽く指先で押しつぶすようにしながら、きゅっと揉みしだく。

「あ……あん……っ」

佳以の細い顎がくっと上を向く。お腹の奥がずんと重くなって、小さな炎が灯る。

「そこ……ばっかり……しないで……」

少しだけ涙の溜まった大きな瞳が、恋人を見つめる。

「もっと……他のところも……可愛がって」

起き上がれなくなるほど蹂躙されても、この身体は少しも快感を覚えなかった。愛していない相手との行為は、ただ痛みと苦痛だけで、体温が上がることすらなかった。上げてしまう声は色めいた喘ぎ声ではなく、ほとんどが悲鳴だった。

それなのに、愛する人なら、ただ柔らかく素肌を撫でられるだけで、甘い声をこぼしてしまう。いつもは柔らかい乳首もすぐにツンと尖って、佳以の身体が感じていることを示している。

「たくさん……可愛がって……」

ほしかった。ずっとずっとほしかった。愛してほしかった。何かを目的にするのではなく、ただ愛しいと……ただ何もかもをほしいと……。

「律……」

佳以はぽとりと一粒涙をこぼす。

「……ずっと……律がほしかった」

漆黒の髪を撫で、そして、ずっと思い続けていた唇にキスを贈る。

「ほしかった……」

「ああ」

　至上の恋人が微笑む。

「俺もだ」

　たった一度だけ、愛し合った。唯一のものを失った日に、唯一のものを手に入れた。静かな夜更けの部屋、そこにあったのは愛し合うお互いの心と身体だけだった。

　キスを交わす。幾度も幾度も。甘く切ないキスを繰り返す。お互いの髪を指に絡め、愛しくキスを繰り返す。

「……愛してる」

　律がキスの合間に吐息でささやく。

「初めて会った時から……おまえだけだ」

　佳以は頷く。

「……僕もだよ。律しか……見えなかった」

　ふいに初めてお互いを意識した瞬間が蘇った。

　あれは……本当に幼い頃。今のローリーくらいの頃。あれは……どこだっただろう。ジャスミンの甘い香りがしていたから、律の家の庭だったかもしれない。夏の高い空の下で、幼い二人は手を繋いでいた。小さな手に伝わるぬくもりを唐突に感じた。そして……お互いを見つめた。

「……ずいぶん時間が経ったな」

佳以の栗色の髪を撫でる優しい指先。

「でも……佳以は変わらないな。いつも優しくて……きれいだ」

「律もだよ」

額を合わせ、近々と見つめ合う。

「いつも優しくて……強い」

時が戻る。あの夜へ。お互いの吐息だけが響いていたあの初めての夜へ。

「佳以……」

飽くこともなく、キスを繰り返しながら、律の固い手のひらが佳以の細い腰から滑らかな丸みを撫で下ろす。

「佳以……」

「ん……」

恋人に求められて、佳以は小さなお尻(しり)を少し持ち上げる。

「あ……ん……」

両手で強くお尻を揉まれて、佳以はたまらない声を上げる。

「あ……あん……っ」

「佳以……佳以……っ」

強い律の切なく掠れる声。

「佳以……愛してる……佳以……」

「僕……も……」

身体の奥に灯った炎が、少しずつその勢いを増している。その熱を逃がそうとするかのように、佳以はより大胆に両足を開く。右の内股（うちまた）にある『砂漠の薔薇』の花びらが赤く燃える。

「……律……律が……ほしい……」

ピンク色の舌が乾いた唇を舐（な）める。潤んだ瞳が恋人を妖（あや）しく見つめる。

「……きて……」

ほっそりと長い指が興奮に震えながら、滑らかな谷間の奥にある蕾（つぼみ）の縁にかかる。そこはすでに柔らかく、しっとりと濡れそぼっていた。子を宿す性の者特有の熱い蜜（みつ）が、花びらを濡らし、火傷（やけど）しそうな熱を待ちわびている。

「早く……律がほしい……」

いつも淑やかで控えめな佳以の誘い。滴るような色香に、律はくらりとめまいを感じたかのように一瞬息を呑み、そして、吐息を漏らす。

「……ああ……俺ももう……」

そして、怖いような力で佳以のほっそりとくびれた腰を掴んだ。

「あ……ああ……っ！」

熱く固くそそり立った楔で、一気に佳以を貫く。

「ああん……っ！」

高く放つ悦びの声。

「あん……あん……ああん……っ！」

思い切り突き上げられながら、佳以は淫らに腰を振る。

「あ……い……いい……っ！　ああん……いい……っ！」

「ああ……おまえの……中……すご……い……」

「律……すご……い……ああ……強……い……っ」

突き上げられ、揺さぶられながら、佳以は色めいた声で喘ぎ続ける。

「すご……い……すご……く……奥ま……で……」

「ああ……熱くて……きつ……い……」

固いベッドのせいで、律の身体の動きがストレートに、彼の上に跨がった形の佳以に伝わる。

「ああん……いい……奥の方……すごく……いい……」

さらさらとした栗色の髪が艶やかに乱れる。激しく腰を突き上げながら、律は佳以の胸で震える鴇色の乳首を強い指先で摘まんだ。固く実った先端を押しつぶすように揉みしだく。

「ああ……ん……っ！」

快感のあまり、佳以がぽろぽろと涙をこぼす。

「だ……め……もう……だめ……ああん……だめ……」

啼きながら、身体を揺らし続ける。白い肌がまるで内側から発光しているかのように、薄闇の中で輝いて見える。

「佳以……佳以……っ」

律の切なげな声。

「もう……我慢できない……ああ……佳以……っ」

「いい……よ……」

佳以は艶やかに微笑む。とろりと潤む瞳が運命の恋人を見つめる。

「……もう……誰のものも……入ってこられないよう……に……」

両足を大胆に大きく開いて、より深く愛する人の楔をより深いところへ受け入れる。

「律ので……いっぱいに……して……」

「……佳以……っ！」

律が少し苦しそうな表情で、高く腰を突き上げた。

「ああ……っ！」

思い切り吹き上げた熱い迸りを受け止めて、佳以の身体が弓なりに仰け反る。

「ああ……ん……っ！　い……イク……ゥ……っ」

まだ熱い雫が、深く押し込まれたままの蕾から溢れる。太股を伝う幾筋もの精が、真っ赤に咲いた『砂漠の薔薇』を濡らした瞬間、佳以は全身を震わせて、息を乱したままの律の上に崩れ落ちた。

ACT 9

律の右肩の傷は、驚くほど小さくなっていた。

もともと矢傷であったため、大きさはなかったのだが、二日間、汚染されたままだったという状況により、傷を大きくして、細菌感染した部分を切り取る必要があった。しかも、それを医師免許はあっても、専門の外科系ではない佳以が処置したため、当初はかなり大きく、ひどい状態に見えた。しかし、律の驚異的な快復力により、今は薄赤く盛り上がった縫合痕(ほうごうこん)が残っているだけだ。

「生命の驚異だね」

もう包帯もいらなくなり、佳以はびっくりしたように言う。

「正直、僕だったら死んでると思うよ」

「……まぁ、否定はしないよ」

律が笑う。

「佳以がいてくれなかったら、俺だって死んでたよ」

佳以がいてくれたから、律は生きようと思えたのだという。

「俺だって、もとは医者の端くれだからな。自分がどれほどまずい状態かってことはわかっていた。傷は膨れ上がって、発熱もしていたし、悪寒戦慄も凄かった。でも……もう一度だけ、おまえに会いたかった。おまえと……ローリーに会いたかったんだ」

律は肩に寄りかかってきた佳以を抱き寄せる。

「気がついたら、ここにたどり着いていた。この部屋の明かりを見つけた時には……もう死んでもいいと思ったよ」

「死んだら意味がないよ」

佳以は真面目な顔で言う。

「僕も……律に会いたかったから、生きてきたんだと思うから」

「……だな」

そして、二人の視線は、砂漠のただ中にそびえ立つ巨大な神殿を見つめる。

「……どうだ」

律が密やかに言った。

「……可能性に賭けてみる気はあるか」

律の右肩の傷は癒えた。騎士に戻れる体調になった今、いつオスカーがここに来て、再び律を危険な任務に駆り出すかわからない。あくまで、律は王族に仕える騎士であり、その命令は絶対のものだ。もしも、それを拒絶したとしたら……間違いなく、律の命はない。

「俺が動けるようになったことは、皇太子に密告されているだろう。今度こそ、彼は俺を本気で殺しにかかる。もしかしたら、ローリーも無事ではすまないかもしれない。おまえも……こんなふうに自由に暮らすことはできなくなるだろう。王宮に……幽閉される」

佳以はこくりと頷いた。

今まで、この別邸に置かれていたのは、オスカーの正妻である皇太子妃が、以前から寵姫の存在を嫌っており、佳以とローリーに害をなす可能性があったからだ。しかし、ローリーがオスカーの種ではないことがほぼ確定した今、オスカーが妻から守らなければならないのは、神の使いである佳以のみである。子を孕ませることだけが目的となれば、幽閉するのは簡単だ。それこそ、裸にしてベッドに鎖で繋いでしまえばいいのだ。ローリーを育てる必要がないなら、佳以の扱いはそれで十分なのだ。佳以に愛することを求めないなら。

「律、ローリーも……連れていくんだよね？」

佳以は恋人の凛々しい横顔を見つめた。律は当たり前だと頷く。

「ローリーは、間違いなく神の使いであるおまえが産んだ子だ。俺とおまえが無事に前の世界に戻れるとしたら、ローリーも戻れるはずだ」

「僕たちが戻れないとしたら……」

「それは今は考えるな」

　律はきっぱりと言った。

「どちらにしても、俺たちは行くしかないんだ。すべてのタイミングがそう言っている。歯車はもう回り出したんだ」

　二人は無意識のうちに抱き合っていた。固く抱き合い、じっと赤い砂の舞う砂漠を見つめる。

「……明日、夜が明ける前に行こう」

　陽が昇ってしまうと、砂漠の気温は四十度を超える。逆に、深夜は零度近くまで下がることもある。ローリーを連れて、無事に神殿にたどり着くには、時間を選ばなければならない。

「三人で……戻るんだ」

　静かで穏やかな時間が流れる、あの懐かしい庭に。

身にまとうのは、ぴったりとした黒の装束だ。

黒いシャツ、黒のベスト、黒のパンツ、そして黒い膝までのブーツ。舞い上がる細かい砂を吸い込まないように、黒いスカーフでマスクをし、髪も黒いターバンでぴったりと覆う。

「……凜々しいな」

律が口元だけで微笑んだ。

「久しぶりに、脚を覆った気がする」

佳以は苦笑する。

この世界に来てからずっと、佳以はゆったりとしたワンピースのような装束を着せられていた。佳以が『寵姫』という立場にいたからだ。佳以の存在意義はただひとつ。メシアをその身に孕むこと。つまり、王族に抱かれて、妊娠することだけが、佳以のなすべきことだったのだ。そのためか、佳以は常に『脱がせやすい』装束を着せられていたのである。

「カイ」

ローリーがちょこちょこと歩いてきて、抱っこしてと、両手を差し出してきた。ローリーも今日は黒一色の姿だ。

「眠たいよ……」

「ごめんね」

佳以はローリーを抱き上げて、頬を寄せた。

「ローリー、僕と律……リアムと三人で、お出かけするよ」

「どこにいくの？」

ローリーは大きく真っ黒な瞳を見はる。

「楽しいところ？」

「そうだよ」

ぷくぷくとした子供らしい頬にキスをして、佳以は聖母の微笑みを見せる。

「僕と律とローリー、三人でずっとずっと一緒にいられるところに行くんだよ」

「うん」

ローリーはにっこりと全開の笑顔だ。そして、今まで聞いたことのない大人びた口調で言った。

「一緒に行こうね。ちゃんと僕についてきてね」

「……そうだね」

一瞬の戸惑いの後に、佳以は我が子を抱きしめる。

「ローリーについていくよ。僕たちを置いていかないでね」

「佳以、ローリー」

庭の方から密やかな律の声が聞こえた。

「風が止んでいる。今のうちに行くぞ」

愛馬に跨がった律の声に、佳以はローリーをしっかりと抱いて、庭に出る。

「……カイ様……っ」

闇にも映える白馬の傍に、いつの間にかオリビアが立っていた。

「オリビア……」

「行って……しまわれるのですね」

愛らしい侍女はぽろぽろと涙を流している。

「いつかは……行ってしまわれると思っていました。カイ様は……神の使いですから」

佳以はローリーを律に渡すと、オリビアをぎゅっと抱きしめた。

「ありがとう、オリビア。君がいてくれたから、僕は……ここでの暮らしに耐えることができた」

よく笑う少女は、いつの間にか大人の女性になっていた。涙を両手で拭い、すっと身を引くと、優雅に跪き、両手を肩に当てて、深く頭を垂れる。

「カイ様、どうぞご無事で。私は……いつまでも、カイ様の侍女です。この後、誰に仕えようと、私の心の主はカイ様です」

「……ありがとう、オリビア」

忠実な侍女の頭にそっと手を置いて、佳以は永遠の別れを告げる。

「君の忠誠と愛情、決して忘れないよ」

そして、何かを振り切るようにさっと白馬に跨がる。

「さようなら、オリビア」

「行くぞ、佳以」

びしりと凛々しい律の声。佳以は顔を上げ、前だけを見る。

「どうか……どうか、ご無事で」

忠実なる侍女オリビアの声だけに送られて、三人はまだ夜も明けきらない砂漠に向かって、走り出していた。


近くに見る白亜の神殿は、やはり巨大だった。赤々と燃える篝火に照らされて、神秘の神殿は寡黙にそびえる。

「どうやって作ったんだろうな、これ」

律がこの場の緊張に似合わないセリフを吐く。佳以は思わずくすりと笑ってしまう。

「さぁね。神様が作ったんでしょ」

砂漠を駆け抜けた馬たちを、そっと神殿の裏手にある馬小屋の近くに繋ぐ。ここに置いていけば、世話もしてもらえるだろう。馬はロシオンにおいては貴重な交通機関のひとつなのだ。

「……ローリー」

砂漠の気温はまだ一桁(ひとけた)だ。白い息を吐きながら、佳以は自分がつけていたタリスマンを首から外し、ローリーの胸にかける。

「カイ?」

タリスマンは二つ。赤いタリスマンと緑のタリスマン。共に、佳以の両親の形見となったものだ。今は、緑のタリスマンは律の胸に、赤いタリスマンはローリーの胸に輝いている。

「これは大切なお守りだよ。僕がお父さまとお母さまからいただいた大切なお守りなんだ。ローリー、大切に……僕の代わりに持っていて」

「いいの?」

ローリーは自分の胸に輝くタリスマンを両手で捧げ持った。

「佳以……」

律が少し驚いた顔をしている。

「それは……」

「僕のことは、律が守ってくれるでしょ」

佳以はにこりと微笑む。

「信じてるから」

「おまえな……」

律は少し呆れたように言って、愛しい恋人をぎゅっと抱きしめる。

「……離れるなよ」

神殿には、神官たちの他に、王族が訪れることも多いことから、警備の騎士や兵卒が配置されている。この広い神殿だ。どのくらい警備の者がいるかわからない。

「馬の数からして、三十人は下らないだろう」

律が表情を引き締める。

「だが、神殿の深部に入ってしまえば、おそらく兵たちは襲ってこない」

「……そうだね」

ロシオン国民にとって、アデニウム神殿は信仰の対象だ。その最も神聖な場で、血を流すことは許されないはずだ。

「俺も確認したわけじゃないし、記憶もちょっと曖昧ではあるが、生け贄の座は神殿の最深部にある。神殿は四方に柱のある構造で、中心が最深部となるはずだな」

「一度だけ、行ったことがあるよ」

佳以はローリーを抱き上げながら言った。

「……オスカー様に連れていかれたことがある。その時は、生け贄の座までは行かなかったけど、白い大きな扉があって、その向こうに生け贄の座があるって聞いたよ。扉の前は回廊になっていたから、四方どこから入っても、扉には行き着けるはず。確かに、神殿の中央に近いところだった」

「やっぱりそうか」

律は頷くと、装備を確認した。装備といっても、使い慣れない長物などは持っていても無駄だ。場所が場所だけに、警備の兵も重装備しているとは思えなかった。やはり、最低限まで身を軽くして、一気に駆け抜ける方がいいと二人の意見は一致していた。

「佳以」

律は少し迷ってから、自分のブーツの中に入れていた短剣を佳以に向かって差し出した。

「これを」

「え……」

佳以はずしりと重く感じる短剣を受け取る。ごく細身のものだが、やはり本物の武器独特の重みがある。

「こんなの使えないよ……」

「お守り代わりだ」

律は、それよりもやや大ぶりのナイフを持っている。

「おまえはローリーを守らなければならない。何かあった時のために、抗う術は必要だ」

「律……」

「いいか、俺たちは帰るんだ。なんとしても。そして、ローリーに新しい世界を見せるんだ」

律のきっぱりとした言葉に、佳以はしっかりと頷く。

「……うん」

遠く砂丘の向こうに、白いラインがぱっと一瞬走る。

「陽が昇る……」

佳以は思わずつぶやく。

運命の陽が昇る。この太陽が赤い砂漠を焦がす時、僕たちはどこにいるだろう。

「……行くぞ」

広い神殿を駆け抜ける。その荒くなる呼吸を妨げるマスクのスカーフを捨てて、律はナイフを抜いた。

「俺から離れるな」

「どこまでも一緒だよ」

佳以はしっかりとローリーを抱きしめて微笑む。

「どこまでも」

「よし……」

白亜の神殿。昇り始めた陽を背中に受けて、三人は巨大な柱の間を駆け抜けていく。生きるための闘いが始まった。

白い大理石の床は、うまく走らないと滑ってしまいそうになる。

「……待って……っ」

ブーツの底についていたのか、パウダーのように細かい砂粒は潤滑剤のような役目を果たしてしまうようで、佳以は幾度か転倒しそうになり、足を止めてしまった。ローリーを抱いているので、身体のバランスを取るのも難しいのだ。

「大丈夫か」

駆け戻ってきた律が手を貸してくれる。

「ごめん……」

まだ、警備の者には見つかっていないようだが、やはり神殿は広大だった。走っても走っても、ただ回廊が続くだけで、少しも前に進んでいる気がしない。砂漠の中に建つ神殿という性格上、窓のない建物の中は、篝火の明かりだけなので陽が昇り始めても薄暗く、なお距離感を失わせる。

「少しは……最深部に近づいてるのかな……」

息を切らしながら、佳以はつぶやいた。

「遠ざかってはいないさ」

律が励ますように言う。

「……行くぞ」

「うん……っ」

少しスピードを落として、また二人は走り出す。転んでケガをしてしまっては元も子もない。

「……気をつけて」

突然聞こえた澄んだ声に、佳以ははっとする。

「え？」

「その柱の向こう」

はっきりとした声が腕の中から聞こえて、佳以は驚く。

「……ローリー？」

「右の柱の向こうに警備兵がいる。二人……ううん、三人」

「律」

佳以は先を走る恋人を低い声で呼んだ。

「待って、律。その右の柱の向こうに気をつけて……！」

「何」

律が足を止めた。すっとナイフを構え直して、柱の陰をうかがう。

「……人の気配がする。佳以、そこにいろ」

「うん……」

滑るように足を運んで、律は巨大な柱に背中をつけるようにして回っていった。佳以は息を潜め、ローリーをぎゅっと抱きしめる。

「……っ！」

何度か鈍い音がする。佳以はその生々しい暴力の音に、耳を塞ぎたくなる。

「……律……？」

佳以はそっと震える声をかけた。ゆっくりと律が柱の陰から姿を現す。

「……殺しちゃったの？」

「そんなことはしていない」

律は微かに笑う。

「ただ、多少ケガはさせている。そのくらいは勘弁してくれ」

佳以は恐る恐る、律の足元を見た。ローリーの指摘通り、三人の兵士たちが気を失って倒れている。律は手際よく、細い革紐（かわひも）で三人の足と腕を縛り上げる。

「よし、行くぞ」

「うん……っ」

二人が走り出そうとした時、またローリーの澄んだ声がした。

「その左の回廊に入った方がいいよ。その方が……見張りが少ない」

「ローリー……」

佳以が慌てて、ローリーを見つめる。腕の中のローリーは、しっかりと佳以の胸にすがりついたまま、キラキラと真っ黒な瞳を輝かせている。

「言ったでしょ？　僕についてきてって」

「……なるほど」

律が肩をストンと落として頷く。

「やっぱり、ローリーはメシアなのかもしれないな」

「え……」

「少なくとも、神の使いから生まれた奇跡の子だからな。某かの力は持っているのかもしれない」

「早く行こ」

ローリーは小さな手で、先を指さす。

「早く行こう」

「佳以」

律が佳以の腕をそっと掴む。

「行こう。ローリーが俺たちを導いてくれる」

神官と王族、警備の者だけが入ることを許されるアデニウム神殿。その内部は公開されることもなく、詳しい構造はわからない。聖域である生け贄の座に現れた佳以と律も、その場所ははっきりとわからない。ただ、最深部にあることだけは想像がついたので、とりあえず中央部に向かうつもりだったのだ。

「奴らもいずれ気がつく。その前に」

「わかった」

二人は大きな瞳を輝かせるローリーを大切に守りながら、進んでいく。

「意外と……人がいないね」

しんと静まりかえる神殿内。ひんやりと冷たい大理石の床を踏みながら、二人は音を立てないように進む。

「まだ、夜が明けたばかりだからな。警備の者も少ないんだろう」

「その先に二人いる。槍を持っているから気をつけて」

「わかった」

ローリーの声に、律は背負っていた弓を下ろし、数本だけ持っていた矢をつがえる。

「確かに二人だ」

律は静かに弓を引き絞る。佳以は反射的にローリーの目を覆っていた。

「う……っ！」

「誰……うわ……っ！」

矢を二本持って、次々に発射するのは和弓で身につけたものだろう。脚を射貫いて、運動能力を奪ってから、素早く当て身を食わせて、意識を奪う。

目顔で呼ばれて、佳以はローリーを抱いたまま、走り出す。

「……本当に広いね」

あまり身体を動かすようなことをしていなかった佳以は、すでに呼吸を乱している。しかし、足は止まることなく走り続ける。

「天井が高いよな。外から見ると、絶対に中は複数階だと思っていたが」

神殿内は、恐ろしく天井が高かった。十メートル近くあるだろう。窓は本当に高いところに換気口程度にしかないのだが、白い大理石や白っぽい花崗岩(かこうがん)で出来ているため、内部は意外に明るい。あちこちに歴史画のような美しいレリーフがある。

「こんな時でもなきゃ、ゆっくりと見学でもしたいな」

律は肩をすくめる。

「リアム、後ろから来てる」

ローリーの声に、律は反射的に振り返り、思い切り蹴(け)りを入れる。

「……格闘技とかやってたっけ……」

一撃で相手を制圧する律の戦闘力に、佳以は驚愕(きょうがく)する。

「こっちに来てからだよ。まぁ、スポーツはずっとやってたから」

それでも、他人に容赦なく攻撃を仕掛けることができることは、ちょっとした恐怖である。格闘技で、一番のハードルはそこであると佳以は思っている。実は、野々宮の祖父は剣道と柔道の有段者で、佳以も少し稽古をつけてもらったことがあるのだが、やはり相手に攻撃することができずに、素振りと受け身くらいで終わってしまった。

「こっちに来た時、俺は空っぽだったからな」

律は佳以の背中に腕を回して、前へと促す。

「叩き込まれることを身体に詰め込んだだけだ。精神的なセーフティがない状態だったんだろうな」

精神的なセーフティ……確かに、佳以もここに来た時はそうだった。だから、オスカーに行為を強要された時も抵抗は感じたが、メンタルが壊れることもなかった。むしろ、その行為に強い拒否感を示したのは、記憶が戻り、律と再会してからだ。

「でも、今はおまえとローリーを守るためだ」

少し離れたところにまた警備兵が見えた。律は弓を構える。的確に太股のあたりを狙って二射し、思い切りのいい蹴りで意識を奪う。

「結構警備兵が出てきたな」

息ひとつ乱さずに、律はつぶやいた。

「目的地は近いということか……」

「左側、また二人いるよ……っ」

ローリーの声に振り向いたが、距離は近かった。伸ばされた手がローリーに届きそうになる。佳以は夢中で、手にしていた短剣で払った。

「……っ！」

ぱっと血しぶきが散り、佳以の白い頬があたたかく濡れる。悲鳴を上げそうになった佳以の口元をローリーの小さな手が押さえ、律が素早く警備兵に当て身を食わせる。

「死んではいない」

初めて人を傷つけてしまった。そのショックに座り込みそうになる佳以を半ば引きずるようにして、律は走り出す。

「致命的な出血をもたらすような大血管も傷つけていない。気にするな」

非情とも思える言葉を吐く律に、佳以は彼がどれほどの覚悟で、この決死行に挑んでいるのかがわかった。彼は恐ろしいほどに強い意志で、この神殿を走っているのだ。

「……もう大丈夫」

強くならなければ。僕も。佳以は律の手をそっと押し戻すと、自分の意思でしっかりと脚に力を入れた。大丈夫。まだ走れる。まだ……闘える。

「大丈夫だよ」

繰り返して言うと、律が少しだけ笑ってくれる。

「ごめんな。もう少しだと思うから」

「うん」

次々に現れる警備兵たちを、律はほぼ一撃で仕留めていく。その戦闘力の凄まじさに、佳以は彼がここで送ってきた日々の過酷さを思う。

〝律も……必死に生きてきたんだ〟

佳以がローリーのために必死に生きてきたように、律もまた必死に生きてきたのだ。裕福な家庭で、何不自由なくのびのびと育ってきた律のどこに、それほどの強い生命力が隠されていたのだろう。

〝律は……強い〟

彼となら……強靭（きょうじん）な心と身体を持つ彼となら戻れる気がする。あの穏やかな時間へと。どれほどにつらく、苦しくても、戻れる気がする。

だから今、闘う。二人が生まれて、生きてきた世界へ戻る片道切符を得るために。

右肩を押さえた律が、がくりと片膝をついた。

「律……っ」

周囲には、倒れた警備兵が五人。返り血を浴びてはいるが、律も佳以もローリーも無傷だった。だが、もともとケガをしていた律の右肩は限界に来ているようだ。

「律、大丈夫……？」

「あ、ああ……大丈夫だ」

三人の前には、大きな白い扉。

「ローリー」

凜々しく顔を上げて、律が言った。

「ここか」

佳以の腕からぴょんと飛び降りて、ローリーがたたっと扉に駆け寄る。小さな手で扉に触れた。

「……ここだよ」

律に似たはっきりとよく響く声。

「間違いないよ」

そして、背伸びすると両手を扉のハンドルにかける。

「ローリー」

「カイ、手伝って」

ローリーは扉の向こうを見据えるようにして言った。

「扉を開くよ」

「わかった」

ローリーの小さな手に手を重ねて、佳以は思い切り白い扉を開いた。


響く足音。ドーム状の高い天井。円形の広い広い部屋。佳以はぐるりと周囲を見回す。

「ここは……」

「祈祷の間と呼ばれています」

冴え冴えとした声に、三人ははっと振り返る。

「ここは、このアデニウム神殿の心臓部……最も大切で神聖な場所です」

現れたのはゆったりとした白い装束姿のイーライだった。腰まである長い銀髪が印象的な神官は、侵しがたい清浄な雰囲気をまとっている。

「やはり、いらしたのですね」

美しいすみれ色の瞳で、神秘的な神官は三人を見つめる。

「いつか必ず、ここにいらっしゃると思っていました」

「イーライ様」

右肩を押さえたままの姿で、律が進み出る。まるで、佳以とローリーを守るかのように、先に立って。

「無礼をお許しください」

ゆっくりと膝を折り、肩を押さえたままで頭を垂れると、ちょうど武人の礼になる。

「警備の者たちは、命までは奪っていません。手当てをしてやってください」

「神殿の警備兵や騎士たちは、王宮警備の者たちよりも、いろいろな意味で秀でている者ばかりなのですよ」

イーライは優雅に微笑んだ。

「あなたがこの世界に現れてから、まだわずか一年なのに、ずいぶんと腕を上げてくれたものです」

「すべて、皇太子殿下の厳しい訓練の賜でございます」

「それは皮肉ですね」

イーライはさらりと言う。

「あなたを鍛え上げたがために、カイ様、ローリー様と共に、ここに攻め込まれることになってしまうとは」

「攻め込んだつもりはありません」

律は静かに言う。

「この……神聖なる場所に、私たちは立つ必要があった。しかし、正攻法ではとてもここにはたどり着けない。闇に紛れ、警備兵を蹴散らすしかなかった」

「ここにどんなご用が？」

イーライは優しい口調で応じた。

「ここは祈りの場です。騎士であるあなたにも、寵姫であるカイ様にも、用のある場所ではないと思いますが」

「いいえ」

佳以が進み出た。

「ここは……僕と律が現れた場所です。僕たちが……別の世界から渡ってきた場所です」

「生け贄の座のことでしょうか」

イーライは優雅に手を延べて、祈祷の間の中心にある、大理石の寝台のようなものを示した。床よりも二メートルほど高い場所にあるその寝台には、美しいレリーフが施されていた。

「そう……確かに、あなたたちは共に、あの場所に出現しました。不思議な光景でした。あなたたちは唐突に現れた。一瞬目を離した隙に現れた……そんな感じでしたね」

「あそこには、何人の生け贄が捧げられたんですか」

佳以は震える声で言う。

「その人たちは……みな消えてしまったのですか……？」

よく見ると、生け贄の座の周囲には、細かい砂が散っている。

「砂に……なったのですか……」

「彼らは神に捧げられたのです」

イーライは平坦な口調で言う。

「彼らは自らすすんで、生け贄となりました。この国を守るため……子孫たちを守るために」

「そんなの……嘘です」

佳以は激しく首を横に振る。

「僕の……両親は僕を身ごもったまま、別の世界に渡りました。必死に……僕を守って、生きたまま別の世界に渡ってきた」

「……カイ様……」

イーライが信じられないものを見る表情で、佳以を見つめた。佳以は大きく頷く。

「僕は、生け贄になった両親から生まれた子です。僕を……別の世界の養父に預けて、彼らは砂になりました。必死に命を繋いで……僕を産み落としてくれた」

佳以の栗色の瞳が潤む。

「砂になる運命を知っていて、それでも、両親は僕を穏やかな世界に届けてくれた。あなたに……わかりますか？　自分の命が尽きることを知っていながら……それでも、我が子を守ろうとする者の気持ちが……っ」

「なるほど、そういうことだったのか」

低く響く声に、みな振り返る。

「オスカー様」

イーライがすっと膝をつく。両手を肩に当てて、深く頭を垂れた。佳以と律はそのままだ。

「一足遅かったか、それとも、間に合ったのか」

あたりを払うような威厳を持って、オスカーがゆっくりと歩いてくる。

「どちらだろうな、カイ」

「僕は帰ります」

佳以は自分を『寵姫』と呼ぶ男にはっきりと宣言する。

「僕が生きていた世界に」

「生きて帰れると思っているのか」

オスカーが皮肉に嗤う。

「おまえの両親も砂になったのであろう。おまえとその男だけが、なぜ無事に戻れると思っている」

「無事にここにたどり着いたからだ」

律が背後に佳以とローリーを庇う。

「俺も佳以も、砂にならずにこの世界にたどり着いた。それなら、逆もまた真だろう」

「おまえは勝手に戻るがいい。その子供も連れて帰って……二人で砂になればよかろう」

オスカーは傲慢に言い切る。

「だが、カイは置いていってもらう。その者は、私の大切な寵姫だ。我が寵姫は、私の子を孕み、メシアを産むのが役目だ。その役目を全うするまで……逃がさぬ」

オスカーが伸ばした腕を、律は叩き落とす。

「佳以は……俺の運命の人だ。俺は佳以を追って、ここまで来た。必ず連れ帰る」

「何が運命の人だ」

　オスカーはせせら笑う。

「その者は私の寵姫として、三年以上に亘って、私に所有されてきた。その者がどれほど淫らに腰を振って私に精をねだってきたか、おまえは知らないだろう」

「そんな……っ」

　佳以は屈辱に唇をきつく噛む。

「いや、知っているか。その者は、おまえの子を孕んでいたのだったな。おまえの子を身ごもっている時も、私の下で喘いでいた。一晩に何度も何度も……私に抱かれて、啼き声を上げていた」

「やめて……っ！」

　佳以は大きく首を横に振る。

「あなたに……あなたに抱かれて……感じたことなんて、一度もなかった……っ！　ただ……痛くて……怖くて……っ！」

「声を上げていたであろう。その子供……ローリーも聞いていたであろうな。それほど、絶頂に達した時のおまえの叫びは響いていたからな」

「オスカー様」

屈辱と後悔に塗れて、肩を震わせる佳以を見て、いきり立つ皇太子をそっと諫めたのは、イーライだった。

「もうおやめください。ロシオンの皇太子殿下ともあろう方が、そのような発言で愛する方を貶めてはいけません」

「え……」

律が驚いたような声を上げる。

「愛する……人……？」

「イーライ」

オスカーは身体の脇で握りしめた拳を震わせている。

「私は……この者を愛してなどいない……っ！　カイは……メシアを孕む者だ。だから……っ」

「お妃様からカイ様を守るために、別邸を豪華に飾り、不自由がないように召使いたちをたくさん置き……大切になさっていたではありませんか」

「それは……っ」

「王宮における寵姫の扱いを私は存じております。王族の寵姫たちは、王宮内の後宮に留め置かれるのが常。カイ様のように別邸まで与えられた者は、長いロシオン王室の歴史の中でもいなかったはず」

確かに、佳以は大切にされていた。決して豊かとは言えないロシオンにいながら、何不自由なく生活できていた。荒淫のあまり倒れることはあっても、手当てはきちんとされていたし、ローリーも大事に育ててもらっていた。

「……もどかしかったのでしょう」

イーライは優しい眼差しで、オスカーを見ていた。

「どうやって愛せばいいのか、わからなかったのでしょう。いくら贅沢をさせても、カイ様の心は開かない。いくら抱いても、あなたに甘えることもない。もちろん媚(こ)びることもない。どうしていいのか、わからなかったのでしょう？」

「……知ったふうな口を利くな」

苛立(いらだ)ったように言うオスカーに、イーライは穏やかに微笑む。

「あなた様とは、生まれた時からのおつき合いです。あなた様を王宮で取り上げたのは、私の父。あなた様を乳母としてお育て申し上げたのは、私の母。乳兄弟の私に、隠し事はできません」

佳以と律が幼なじみであったように、傲慢な皇太子と美しい神官もまた、乳兄弟という関係だという。

「カイ様を初めて見た時のあなたの瞳の輝きは、まるで子供のようでした。夢のように現れた美しいカイ様に見とれて、その身体に『砂漠の薔薇』を見つけた時の喜びの表情……迷うことなく、カイ様を寵姫とすると仰った時の表情……すべてが、私が初めて見るものでした」

「黙れ、イーライ……っ」

　オスカーが叫ぶ。

「この者は……メシアを孕むための依り代だ。私の子を身ごもるまでは、決して離さぬ。それが……ロシオン王族である私の務めであり、神の使いであるカイの務めだ……っ！」

「佳以は……俺の佳以は、この国を救うための道具ではない……っ！」

　律が負けじと叫ぶ。

「あなたは虚しくはないのか。メシアを産み出すためだけに、愛のない……苦痛に泣き叫ぶ者を力尽くで抱き、精を注ぎ込むことに虚しさを覚えないのか……っ！」

「それが……それがロシオン王族として生まれ、神の使いを見いだした私の使命だ……っ」

　半ば絶叫のように激しく叫ぶと、オスカーは腰につけた剣を抜き放った。いつも皮肉で傲慢な余裕を見せていたオスカーの初めて見る激情だった。

「カイを……神の使いを失うわけにはいかない。おまえは……永遠に私のものだ……っ！」

オスカーの長剣が律に向かって振りかぶられる。身軽になるために長剣を置いてきた律に抵抗する術はない。それでも、佳以とローリーを守るために、ナイフを構えた時だった。

「……っ！」

カンッと乾いた音がした。当然のように襲ってくると思っていた痛みはなく、律も佳以もそっと顔を上げる。

「イーライ様……」

律を襲ったはずだったオスカーの長剣を受け止めたのは、イーライが携えていた杖だった。儀式用と思われる杖は、上三分の一ほどが鋳物のようだった。繊細な彫刻が施された部分で、イーライはオスカーの渾身の剣を受け止めたのだ。

「イーライ……っ！」

「神の使いだから……ではないでしょう」

イーライは哀しげにすみれ色の瞳で皇太子を見つめる。

「素直に告げればいいではありませんか。おまえを愛しているから……行ってほしくないのだと」

「そんなことは……っ」

「私はあなたの声の調子一つ、目線の送り方一つで、すべてがわかってしまうのです」

杖で長剣を受け止めたまま、イーライは優しい口調で、切ない表情で、乳兄弟である皇太子を見つめる。

「佳以」

彫像のように動かない二人から視線を外さないまま、律は佳以にささやいた。

「行くぞ」

それは律のしっかりとした声で、口調で、幾度も告げられた言葉。前に進むための言葉。あるべき場所に向かって走り出すための言葉。

「うん……っ」

だから頷く。どこまでも、あなたと一緒に行く。

佳以はローリーを先に生け贄の座に押し上げると、律に助けられて、高い台に登る。

「……律……っ」

改めて登った生け贄の座は、驚くほどの高さだった。下から見ていた時よりもずっと高さがある。

「律、早く……っ！」

オスカーとイーライがはっとして振り向いた時には、すでに律は生け贄の座に手をかけていた。ジャンプして縁に手をかけると、一気に筋力のバネだけで身体を引き上げる。

「カイ……っ！」

オスカーが叫ぶ。

「砂に……砂になってしまうぞ……っ！」

それは渾身の叫びだ。

「行くな、カイ……っ！　カイ……っ！」

三人は生け贄の座で寄り添い合う。

「ちゃんとついてきてね」

可愛く澄んだ声がした。

「え……」

すっと立ち上がる小さな身体。

「ローリー……」

ローリーが立ち上がっていた。佳以が譲ったタリスマン。胸にかけていたタリスマンを小さな両手で包み込む。

「神の名の下に命ずるっ！」

凜（りん）と響き渡る、鈴のように愛らしく澄んだ声。

「務めを終えた神の使いを……神の使いを守護するものを、そのあるべき場所へと導け……っ！」

そして、ローリーは小さな両手を開いた。タリスマンが強く輝いている。両手を伸ばして、佳以と律の手を握りしめる。

「ちゃんとついてきてね」

にこっと可愛く笑う。

生け贄の座が震え始めた。地鳴りのような低い音が祈祷の間に響く。

「生け贄の座が……っ」

イーライの声。

生け贄の座の縁に、次々と光の柱が現れ、まるで檻（おり）のように三人を包み込む。光の柱は天井まで届き、目映（まばゆ）く輝く。

「カイ……っ！」

オスカーが血を吐くように絶叫する。

「行くな……っ！」

光の柱はやがて繋がり、光の帯になって、三人を覆い隠していく。

「……っ！」

祈祷の間全体に光が溢れ、オスカーとイーライは目を開けていられなくなって、思わず両手で目を覆っていた。

「……カイ……」

光は一瞬だった。気づいた時には、すでに祈祷の間はしんと静まりかえり、生け贄の座には誰の姿もなかった。

「砂に……なったのか……」

オスカーが呆然とつぶやく。と、しゃらりと澄んだ音がした。生け贄の座から何かが滑り落ちてくる。それはまるで意思を持つかのように、一直線にイーライの手に向かって落ちてきた。

「え……っ」

手のひらに落ちてきたのは、タリスマンだった。さっきまでローリーの胸で輝いていた赤いタリスマンがイーライの手の中に落ちてきた。

「……っ！」

タリスマンはイーライの手におさまると同時に、すっとその姿を消していた。まるでイーライの中に溶け込むように。

「砂漠の……薔薇……」

消えたタリスマンのあとには、薄赤い花びらを開く美しい花が咲いていた。

「イーライ……」

イーライが顔を上げると、そこにはなんだか泣きそうな幼い表情をした皇太子がいた。

「その手は……」

イーライの白い手のひらに咲いた、あらたな『砂漠の薔薇』。

「私は……神の使いと……なったのか……」

イーライの滑らかな頬に一筋の涙が伝わり落ちる。

「私は……あなたの子を……メシアをこの身に孕むことを許されたのか……」

ずっとその背中を見つめ続けた恋しい人。結ばれることなど絶対にないと思い、深い絶望のうちに見つめていた、その広い背中。あなたが初めての不器用な恋に戸惑う姿も、ただ見つめることしかできなかった。

「イーライ」

自分に向かって差し出されることなど、絶対にないと思っていた大きな手。

「……よいのか」

『砂漠の薔薇』に触れるその手。

「おまえは……それでよいのか」

あなたの心は、まだきっとあのたおやかな人にある。すぐに忘れられるはずもない。それはわかっている。

「はい……」

それでも頷いてしまう。

ずっと待っていたのだ。いつまででも待てる。あなたがいつか、私を愛してくれるまで。

私の身体だけでなく、心も愛してくれる日を。私はいつまででも待てる。

イーライは神官の装束を脱ぎ捨てた。カイがいつも着ていたようなシンプルな衣装だけになる。

「我が身は……あなたのために」

すべてを捧げる。

至上の恋人たちを見送り、そして、私たちもまた始まるのだ。

昨日と違う今日が始まる。

砂漠に昇った太陽は、今日も熱く赤い砂を灼く。

この世界はいつまで存在できるだろう。私たちはこの世界を救うことができるのだろうか。

時間はもう少しあるはずだ。もう少し。

あなたが私を愛し、自分たちの世界へと旅立ったあの恋人たちのように、お互いを慈しみ合えるまで。

我が身はあなたのために。

我が心はあなたのために。

ACT 10

縁側のガラス戸をすべて開け放って、佳以はゆったりと座った。視界は緑でいっぱいだ。さざ波のように、微かな風にも揺れるさまざまな色の緑。深緑。黄緑。青緑。ピンク色の小さな花はゲンノショウコ。やっぱりまた咲かせてしまった。

「可愛いからいいか……」

遠い旅から帰って、すでに一年が過ぎていた。

あの不思議な世界から、この穏やかな世界に戻るためにかかった時間はどれくらいだったのか、それは今でもわからない。生け贄の座が光に包まれたことは覚えていた。しかし、記憶はそこまでで途切れ、気がついた時には、律としっかりと抱き合ったまま、この庭に倒れていた。佳以がいなくなってから、すでに三年が過ぎていたが、律の行方不明はどうやら一日か二日だったようだ。異世界の時間では一年ほどが過ぎていたのだが、こちらの時間は止まっていたようだ。

「佳以」

柔らかな声に振り返ると、愛しい人が微笑んでいた。

「あ、ごめんね。もうお昼?」

「ああ。まぁ、時間はあるからゆっくりでいいよ」

半袖のTシャツに白衣を羽織ったラフな姿で、律は佳以の隣に座った。

「まだ暑いな」

「九月になったばかりだからね」

二人は並んで、柔らかな緑の香りを感じながら、広い庭を眺めている。

「お昼、何がいい? そうめんでいい?」

「ああ。昨日の残りのサラダチキンあったよな」

「あるよ。のっける?」

二人はぽつりぽつりと語り合う。

「患者さん、どう?」

「やっぱりまだ暑いから、朝の方が混むな。午後は暇だと思うよ」

律が大学病院を退職し、この野々宮医院を継いだのは、遠い旅から帰ってすぐのことだった。佳以はとんでもないと言ったのだが、律は己の信念を貫いてしまった。

『俺はずっと佳以の傍にいたい。佳以と一緒にいたい』

率直にそう言った律に、律の家族は戸惑っていた。大学病院の救命科で勤務し、遠くない未来、母の実家の病院を継ぐと考えていたはずの一人息子が、突然の方向転換を言いだしたのだ。ゆっくり考えた方がいいという周囲の説得に耳を貸さず、律はさっさと佳以の家に引っ越してしまった。

佳以は膝の上に可愛い赤ちゃんを抱いていた。にこにこと機嫌良く笑う男の子は、律そっくりの涼しげな目が印象的だ。

「凜音（りおん）、ご機嫌だね」

佳以は愛らしい赤ちゃんのぷくぷくした頬を軽くつつく。

ローリーは、遠い旅から戻った時に三歳間近の子供から生まれたばかりの赤ちゃんに戻ってしまった。庭に倒れていた佳以の胸にしっかりと抱かれていたのは、子供ではなく赤ちゃんだったことに、佳以は驚いたが、漆黒の髪と瞳、涼しい目元はやはり律にそっくりだった。

『ローリーは……僕たちを導くことで、すべてを使い切ってしまったんだね』

ローリーがいてくれなかったら、佳以たちは戻ってこられなかった。ローリーの力で、佳以たちは生け贄の座にたどり着き、時空を超える遠い旅に成功したのだ。

三年も行方不明だった上に、赤ちゃんを抱いて戻ってきた佳以に、周囲は不審の目を向

けたが、言い訳のしようもない。佳以は淡々と記憶障害だったことを話して、ローリーの名を『凜音』と改めて、所定の手続きを取って自分の籍に入れた。ついうっかりローリーと呼んでしまうことがあるので、比較的音が近く感じられるラ行の名前である『凜音』と名付けたのは、律だ。

「……野々宮先生に凜音を見せてやりたかったな」

律がぽつりと言った。

「先生なら……異世界から来た佳以の両親を受け入れ、佳以を大切に育ててくれた先生なら、きっと凜音を可愛がってくれたと思う」

「……そうかもしれないね」

凜音は時々、大きく真っ黒な瞳を見はって、遠くを見つめていることがある。

彼はローリーだった頃も、よく窓から砂漠を見つめていた。赤い風の吹く砂漠と白亜の神殿を。

〝ローリーは……どのくらい、あの国のことを覚えているんだろう〟

この世界から異世界に渡った佳以と律は、ほとんどの記憶を一時的に失ったが、逆にこちらに戻る時は、己の意思で戻ってきたせいか、ほぼ記憶を失わずにすんだ。さすがに旅の記憶自体はないが、前後のことは完全に覚えているし、ロシオンでの生活も……覚えていたくないことまで覚えている。

「佳以」

律がゆっくりと立ち上がった。そのまま、庭下駄を履いて、薬草園を兼ねた庭に下りていく。この庭は、砂漠の国の別邸にあった庭と少しだけ似ている。

「……俺、ずっと考えてることがあるんだけどさ」

「何？」

佳以は縁側に座り、愛らしい我が子を膝に抱いて、愛する人を見つめる。一緒に暮らし始めて、二人の絆はいっそう深まった。この家にいる限り、二人は常にお互いを見つめられる場所にいる。一人になりたいなどと思ったことは一度たりともない。離れていた四年間の孤独があまりにつらすぎて、もう二度と離れたくないと思ったからだ。

「佳以の『砂漠の薔薇』、消えちまっただろ？」

「あ、うん……」

佳以の右の内股にあった『砂漠の薔薇』はいつの間にか消えてしまっていた。そこに赤く美しい花が咲いていたことなど夢のように、今は白く滑らかな肌だ。

「それと……あの時、ローリーが言っただろ？『務めを終えた神の使い』ってさ。覚えてるか？」

「神の使いは、ローリーの方だったのかもしれないね」

佳以は穏やかに言った。

「『務めを終えた神の使い』ってさ……ローリーを……真の『神の使い』を身ごもり、産んだことで、僕の務めは終わっていたんじゃないのかな」

「てことは……ローリーはメシアでなく、『神の使い』の方だったってことか？」

「そう考えると、いろいろとつじつまが合う気がするんだけどね」

『神の使い』の存在は、おそらくかなりフレキシブルなものなのだ。たまたま『神の使い』を身ごもった佳以の母が生け贄に選ばれてしまったことから、歯車は狂いだした。

佳以は『神の使い』として、『砂漠の薔薇』を身に刻んで生まれてきたが、その身はすでに異世界になく、また、王族ではないものと先に契ってしまった。この時点で、すでに佳以は『神の使い』としての役割を終えていたのだ。そして、その役割は佳以が身ごもったローリーに移っていた。だから、ローリーは『神の使い』としての務めを果たした。つまり、佳以から消えた『砂漠の薔薇』を誰かに刻み、『神の使い』としての役割をバトンタッチしたのだ。

「……誰が次の『神の使い』となるんだろうね」

佳以は知らない。ローリーが『砂漠の薔薇』をイーライの手のひらに刻んだことを。そして、イーライは王族たるオスカーを密かに思い続けてきたことを。

「さぁな」

　律は思い切り背を伸ばすと、豊かに緑の葉を茂らせるイチジクの木を眺めた。野々宮の祖父が愛した二本のイチジクの木は、佳以が行方不明になっていた間も、律が大切に世話をし、きちんと実も収穫していたので、元気にたくさんの葉を茂らせている。もう少ししたら、たわわに実をつけるだろう。

「まぁ、いいか。俺がいくら考えても、あの世界を救う手立てはないわけだしな」

「……そうだね」

　佳以は確かにあの世界の人間で、凜音も半分だけはそうなのだが。しかし、すでに二人は赤い風の吹く砂漠の国ではなく、緑豊かな、穏やかな世界に生きている。『砂漠の薔薇』を失い、三人をこの世界に運んでくれた緑色のタリスマンも、気がついた時にはすでに消えてしまっていた。もう、あの世界に戻る手立てはないのだ。

「できるのは……祈ることくらいかな」

　どうか、あの世界が砂に沈むことなく、豊かな大地を取り戻すことができますように。

　必死に生きていた人々が幸せになれますように。

　佳以は凜音を大切に抱っこしたまま、律に続いて庭に下りた。愛らしいピンク色のゲンノショウコの花が風に揺れている。

そして、白いジャスミンの花。佳以と律を再び出会わせてくれた芳しい花を、佳以はたくさん植えた。その甘くこっくりとした香りに包まれて、二人はそっと寄り添い合う。

「……幸せだよ」

佳以は小さなあくびを漏らす凜音を抱きしめて、律を見上げる。

「僕は……とても幸せだよ」

両親が、野々宮の祖父母が、そして、愛らしい侍女が、僕たちの幸せを祈ってくれた。どうか幸せに。どうか……無事で。彼らの祈りが、僕たちを導いてくれた。この穏やかな緑の庭に。

だから、僕たちも祈る。みんな……みんな幸せでありますようにと。

甘い花の香りに包まれながら、二人……いや、二人と大切な愛の結晶である幼子は微笑む。

長い旅を終えて、今、僕たちは……とても幸せだよ。

デザート・ローズ

　佳以が大きめの鉢植えを車から降ろし、よく陽の当たる庭の真ん中に置いたのは、三月のことだった。

「なんだ？　これ……」

　お昼休みで、母屋の方に来ていた律が白衣のポケットに両手を突っ込んだまま、庭に下りてくる。

「ちょっとだけ触ってみて」

　鉢植えの植物は、まるで小さな樹木のようだった。根元がぷっくりと膨らんでいるのが特徴的だ。へら状の葉がぐるりとついている。その幹の部分に手を触れて、律は驚いたような声を出した。

「柔らかい……」

　佳以はくすりと笑った。

「ぷにぷにでしょ」

　そして、縁側におとなしく座っていた凛音に靴を履かせると、抱き下ろしてやる。とことこと可愛らしく歩くようになった凛音は、庭に下ろしてもらうと、大きな目を見開いて見慣れない鉢植えを見つめた。

「これなぁに？」

「凜音は触っちゃだめだよ」

佳以は優しく凜音の手を握り込んだ。

「かぶれるといけないからね」

「え？　やばいのか？　これ……」

慌てて手を引っ込めた律に、佳以は小さく頷（うなず）く。

「普通に触る分には大丈夫だけど、枝や花を切った後に出る樹液に毒があるんだよ。凜音はまだ肌がやわらかいから一応ね」

「花が咲くのか？」

二人の足元で、しゃがみ込んだ凜音が地面に落ちた葉っぱで遊んでいる。無邪気にキャッキャッと上げる笑い声が可愛い。

「咲くよ」

佳以は優しく微笑（ほほえ）んで言った。

「きれいな花が咲くんだよ」

　今日はひどく風が強い。

「イーライ様」

　窓辺に立ち、細く窓を開けて、赤く煙る砂漠を眺めていたイーライは、長く美しい銀髪を翻して振り向いた。

「オリビア……」

　佳以とローリーが去った別邸にイーライが移り住んで、すでに半年ほどが経っていた。

佳以に仕えていた使用人たちは、ほぼそのまま居残っており、侍女であるオリビアも例外ではなく、イーライの傍(そば)に仕えている。

「砂が吹き込んでまいります。窓はお閉めになった方が」

「……そうだね」

　小さなため息をついて、イーライは窓を閉めた。静かな部屋に、砂が窓や外壁に当たるさらさらという音だけが響く。

「ここまで砂漠の砂が飛んでくるなんて……思わなかった」

「神殿から、このお屋敷は見えないのですか？」

　オリビアの無邪気な問いに、イーライは少し苦く笑ってしまう。

「見えなかったと思うよ。もっとも……見ようと思ったこともなかったけれど」

半年前まで、砂漠の神殿で高位の神官として奉職していた。その地位を捨て、皇太子であるオスカーの寵姫となったイーライは、この別邸で、ただ彼の来訪を待っている。

「私には……縁のない場所だと思っていたからね」

この屋敷の前の主は、彼の生まれ育った世界へと旅立っていった。無事に帰り着けたのか、それとも、生け贄として捧げられてきた者たちのように砂になってしまったのか。

彼の白い肌に咲いていた砂漠の薔薇は、今イーライの右の手に咲いている。神の使いの証である美しい薔薇を受け継いだイーライは、その身にメシアを孕むことができるはずだった。しかし、そのメシアを授けてくれるはずのオスカーは、なぜかイーライを抱いてはくれない。佳以は……イーライの前に砂漠の薔薇を身にまとっていた神の使いは、オスカーに気を失うまで抱かれ続けていたというのに。

「もしかしたら、今も縁のない場所なのかもしれないね。この……別邸は」

ここに来て半年。一度もオスカーは渡ってきてはくれない。ただ、贅沢な暮らしをさせてくれるだけだ。

「……私は、ここにいてはいけないのかもしれない」

「イーライ様……」

　オリビアが困ったような顔をしている。彼女は、佳以が一度オスカーが渡ってくると、しばらく動けなくなるほど蹂躙され続けていたことを知っているのだ。それだけに、次の寵姫として、ここに来たイーライをオスカーが一度も訪れていないことが不思議であり、どう対処すればいいのかわからないのだろう。

「あの……そのようなことを仰らないでください。私にはよくわかりませんが……イーライ様のようなお立場の方は、ここ以外だと……後宮に入るしかないと。後宮は……このお屋敷のように自由ではないと聞き及んでおります。皇太子殿下におかれましては、おそらく何かお考えがあるのでしょう。どうぞ……そのように悲しいお顔をなさらないでください」

　イーライは寂しく微笑む。

「私は……悲しい顔をしているのか？」

　乳兄弟として育ったオスカーに、ずっと心惹かれてきた。王族の誇りと生まれ持った激しい気性。孤高の皇太子の姿を見つめるうちに、野生の獣を思わせる彼の美しさと激しさに魅了されてしまった。彼の子を宿す身体を持った佳以がこの世界に現れた時、イーライは自分に嫉妬という感情があることを初めて知った。

〝私は……あのたおやかな人を憎んでいたのかもしれない……〟

その佳以から、神の使いとしての身体を受け継いだ時、歓喜に震えたことを今でもまざまざと思い出すことができる。

〝あの人のように……オスカーに愛される……そう信じていたのに……〟

それなのに、オスカーは一度たりとも、この別邸を訪れることはなかった。

「……私はカイ様が……妬ましい」

ぽつりとこぼした言葉に一番驚いたのは、イーライ自身だった。

「……すまない。今の言葉は聞かなかったことに……」

「なぜ、カイが妬ましいのだ」

ふいに飛び込んできたのは、よく響く低い声だった。窓辺で話していたイーライとオリビアは驚いて振り返る。

「皇太子殿下……っ」

オリビアは慌ててその場に跪いた。両手の指先を肩に当てて、深く頭を垂れる。

「申し訳ありません……！　お迎えもせず……っ」

「構わぬ。迎えてもらわずとも、この部屋にたどり着くことはたやすい」

オスカーの姿に、オリビアは慌てて下がっていく。イーライは身体を固くして、ただ窓を見つめる。さらさらと砂の音だけが聞こえる。

「……待たせた」

オスカーの声が、イーライの耳に届く。と、同時に後ろから抱きしめられた。

「……オスカー様……」

「長く……待たせてしまった」

いつになく切なく、少しだけ悲しい声だった。

「おまえに……どんな顔で会えばいいのかわからなかった。おまえは……私がカイにしたことを知っている。私が……どれほどひどいことを……獣にも劣る行為を続けていたことを知っている」

「あなたがカイ様になさったことを……私は肯定はできませんが……理解はできます」

イーライは目を閉じ、少しだけ上を向いた。背中をあたためる彼の広い胸。抱きしめる腕の力強さ。

「あなたは……カイ様を愛する方法を一つしか知らなかった。ただがむしゃらに身体を愛することしかできなかった」

「イーライ……」

「あなたは……少年のままだったんですね」

イーライはゆっくりと身体の向きを変えた。長い髪をさらりと翻して、恋しい人のアンバーの瞳を見つめる。白く細い手が優しく、固い頬を包んだ。

「真っ直ぐに走る……少年のままだったんですね」

そして、その胸にそっと顔を埋める。高鳴る鼓動をその頬に、耳元に感じる。

「どんなあなたでも……私は愛しています。今まで愛してきましたし、これからも愛することを誓います」

「イーライ……こんな私でも……」

きつく抱きしめられる。初めて感じる愛しい人の体温。震える声。

「……愛しています」

右の手のひらが熱い。砂漠の薔薇が燃えている。身体の奥にも火が灯る。

「……今度こそ、間違えない」

オスカーの低く掠れる声。

「おまえを……大切にする。大切に愛するから……私の子をその身に宿してほしい……」

見つめ合う瞳。イーライのすみれ色の瞳がうっとりと潤む。

「……はい」

砂漠の薔薇を刻まれたイーライの右の手と、オスカーの左手の指が絡み合う。身体に小さく震えが走る。唇が重なる。初めて交わす愛する人との口づけに、膝が崩れそうになる。

「……今夜は……王宮には帰らぬ」

幾度も繰り返す口づけ。こぼれる吐息。そして、微かに切なげな声。

その日初めて、砂漠の風が吹きつける別邸は、優しく甘い夜を迎えたのだった。


佳以が運び込んだ鉢植えに花が咲いたのは、風に夏の匂いが混じり始めた頃だった。

「お花が咲いたね」

佳以はよちよちと歩く凜音に並んで、ゆっくりと庭を歩いていた。

「へぇ……こんな花が咲くのか」

よく晴れた朝。律はいつものように白衣のポケットに両手を突っ込んでいる。

鉢植えについた花は、薄いピンクの五弁の花びらが愛らしいものだった。花びらの縁が赤く、くっきりと際立って見える。

「もっと赤いのもあるよ。ほとんど真っ赤に見えるのもあるみたい」

佳以は凜音を抱き上げながら、律を振り向いた。

「この花、見覚えない？」

「え？」

五弁の花びら。赤い花。くっきりと鮮やかな。

「……砂漠の……薔薇」

佳以の白い肌に咲いていた花。佳以と律を過酷な運命の渦に巻き込んだ赤い花。

「本当に……あったのか」

「そうだよ。英語名はデザート・ローズ。学名はアデニウム。花言葉は……」

佳以はたおやかに幸せそうに微笑む。

「ひと目惚れ……だよ」

ひと目会ったその時、僕は君に恋をした。僕は君に……永遠の恋をした。

だから誓うよ。君に永遠の愛を捧げることを。決して君を離さない。

もう決して……君を離さない。

あとがき

こんにちは、春原いずみです。

「転生ドクターは砂漠の薔薇となる」、楽しんでいただけたでしょうか。タイトル通り、前作である「転生ドクターは聖なる御子を孕む」と同じ世界観のお話で、前作にちらりと出てきた隣国ロシオンからの刺客が実は……というストーリーとなっております。もちろん、前作を読んでいなくてもまったく問題はありませんが、読んでいただくとさらに楽しめると思いますので、機会がありましたらぜひご一読を。ぺこり。

さて、今回のプロット（小説を書く前のストーリー展開の骨組みのようなもの）を読んだ編集さまの一言「めずらしいですね」。私「へ?」。実は私、転生ものと言われるジャンルを読んだことがほとんどなく、その定石とも言える展開を知りませんでした。お読みいただいた方はおわかりと思いますが、今回の主人公である佳以と律は、二度の長く遠い旅を経験します。普通の転生ものは片道の旅を経験するわけですが、佳以と律の二人は二度の旅をするわけです。この展開がめずらしいらしい。

主人公の佳以は医師といっても、基礎医学の研究者です。薬理学の研究者である佳以のイメージは「緑の中に佇む人」でした。だから、そのイメージでラストを迎えることしか考えられなかった。その結果がこの展開となりました。最近は頭の中で文章としてプロットを立てることが多かったのですが、今回に関しては映像がぱーっと浮かぶという、久しぶりの感覚を味わいました。これはすべて、前作から引き続きイラストをお願いした北沢きょう先生のおかげと思っております。先生の素晴らしいイラストの数々を頭に思い浮かべつつ、今回のストーリーは出来上がりました。ありがとうございました。

そして、いつも無茶ぶり（笑）で私を翻弄しつつ、新しい世界の扉を開いてくださる編集さま、楽しみに待っていてくださる読者のみなさまにも、両手いっぱいの感謝を。みなさまの応援のもと、私は今日も小説を書けています。ありがとう！

ではまた、お目にかかれる日まで。SEE YOU NEXT TIME!

春原いずみ

本作品は書き下ろしです。

この本を読んでのご意見・ご感想・ファンレターなど
お待ちしております。〒110-0015 東京都台東区
東上野3-30-1 東上野ビル7階 株式会社シーラボ
「ラルーナ文庫編集部」気付でお送りください。

転生(てんせい)ドクターは砂漠(さばく)の薔薇(ばら)となる

2023年7月7日　第1刷発行

著　　者｜春原(すのはら) いずみ
装丁・DTP｜萩原 七唱
発 行 人｜曺 仁警
発 行 所｜株式会社 シーラボ
〒110-0015　東京都台東区東上野3-30-1　東上野ビル7階
電話　03-5830-3474／FAX　03-5830-3574
http://lalunabunko.com
発 売 元｜株式会社 三交社（共同出版社・流通責任出版社）
〒110-0015　東京都台東区東上野1-7-15
ヒューリック東上野一丁目ビル3階
電話　03-5826-4424／FAX　03-5826-4425
印刷・製本｜中央精版印刷株式会社

ISBN978-4-8155-3283-3